# La secta de los ángeles



Crimen y Misterio

**Andrea Camilleri**

# La secta de los ángeles

Traducción de Juan Carlos Gentile Vitale

DESTINO

Título original: *La setta degli angeli*


Ediciones Destino, un sello editorial de Editorial Planeta, S. A.
Avda. Diagonal, 662-664, 08034 Barcelona (España)
www.edestino.es
www.planetadelibros.com

Adaptación de la cubierta: Booket / Área Editorial Grupo
Fotografía de la cubierta: © Heritage Images / Hulton Fine Art Collection / Getty Images
Primera edición en Colección Booket: septiembre de 2024

Depósito legal: B. 13.493-2024
ISBN: 978-84-233-6591-3
Impresión y encuadernación: CPI Black Print
*Printed in Spain* - Impreso en España

**Biografía**

Andrea Camilleri nació en 1925 en Porto Empedocle, provincia de Agrigento, Sicilia, y murió en Roma en 2019. Durante cuarenta años fue guionista y director de teatro y televisión e impartió clases en la Academia de Arte Dramático y en el Centro Experimental de Cine. Publicó ensayos sobre el espectáculo, crónicas sobre hechos históricos y varias novelas históricas ambientadas en la ciudad imaginaria de Vigàta.
Con la creación del comisario Montalbano, Andrea Camilleri se convirtió en un referente del género negro, reconocido por la crítica y los lectores de todo el mundo. Ganador del prestigioso IX Premio Carvalho en 2014, traducido a treinta y seis idiomas y con más de treinta millones de ejemplares vendidos, es uno de los escritores más leídos de Europa.

# Capítulo I
## La cuestión de las bolas

—Si los señores socios prestan un momento de atención —dijo don Liborio Spartà, presidente del círculo Honor y Familia—, quisiera abrir la urna y proceder al recuento de las bolas.

En el salón, la charla entre los socios se detuvo poco a poco hasta que hubo un relativo silencio. Relativo porque don Anselmo Buttafava, como de costumbre, se había quedado dormido en el sillón adamascado en el que se sentaba desde hacía más de treinta años y roncaba con tanta fuerza que los vidrios de los balcones que tenía delante temblaban ligeramente. Cuando, unos diez años antes, habían cambiado todo el mobiliario del círculo, tuvieron que dejar aquel sillón para que don Anselmo pudiera utilizarlo, no había habido manera.

—Pero ¿qué es este olor a quemado? —preguntó en voz alta el comendador Padalino cuando el presidente acababa de abrir la urna.

—¿Lo nota también usted? —preguntó a su vez al comendador el coronel Petrosillo, que llevaba tiempo retirado.

—¡Yo también! —dijo el profesor Malatesta.

—¡Sin duda, hay olor! —convinieron muchos.

Mientras todos fruncían las narices y volvían las cabezas a derecha e izquierda para averiguar de dónde venía el olor a quemado, don Serafino Labianca gritó:

—¡Don Anselmo echa humo!

Todos miraron a don Anselmo Buttafava, que seguía roncando, con la cabeza caída sobre el pecho. En efecto, vieron que una columnita de humo, finísima, salía del sillón y se elevaba hacia el techo, decorado con frescos («¡Que ni la capilla Sixtina!», había afirmado el alcalde Nicolò Calandro) por Angelino Vasalicò, pintor de carros y gloria local.

El primero en entender qué sucedía fue don Stapino Vassallo, quizá porque era el más joven de los presentes y sus ojos funcionaban a la perfección, dado que solo tenía cuarenta y dos años, mientras que el promedio de edad de los otros estaba en torno a la sesentena.

—¡El cigarro! —exclamó.

Y corrió hacia el sillón adamascado.

En efecto, el cigarro se le había deslizado a don Anselmo Buttafava de la mano mientras dormía y había ido a parar a sus pantalones, justo en el punto en que, de costumbre, se acomodan las vergüenzas masculinas. El fuego ya había consumido la gruesa tela inglesa de los pantalones y ahora estaba atacando la espesa lana de los calzoncillos.

Mientras don Stapino se precipitaba hacia la mesita de la presidencia, sobre la cual había una jarra de agua, el coronel Petrosillo, hombre de acción, se agachó rápidamente entre las piernas de don Anselmo y, con la mano izquierda, aferró el cigarro, que tiró al suelo. A continuación, dio un gran manotazo con la mano derecha sobre las partes amenazadas por el fuego.

Don Anselmo Buttafava se despertó de repente por el golpe en los huevos y, al ver al coronel entre sus piernas, malinterpretó lo que estaba sucediendo. Desde hacía tiempo corrían por el pueblo rumores malignos sobre el exceso de confianza que Amasio Petrosillo, que nunca se había casado, daba a Ciccino, el hijo de su capataz, un muchacho de unos veinte años. Por eso, instintivamente, don Anselmo le dio un fuerte puñetazo en la cara al coronel, quien se cayó de espaldas. Tras golpearle, don Anselmo se levantó y corrió hacia la mesa de la presidencia dando voces como un loco:

—¡Siempre había sabido que Petrosillo era un degenerado! ¡Fuera de este círculo!

El presidente Spartà trató de aclarar:

—Don Anselmo, ¡es un error! Mire que el coronel...

Pero don Anselmo, al que bastaba poco y nada para que se encendiera como una cerilla, estaba muy enfadado y no atendía a razones.

—¡Fuera, o él o yo!

—Pero, don Anselmo, si me escucha un momento...

—¡Entonces me voy yo!

De un gran manotazo, tiró al suelo la urna, que ya estaba abierta, y, mientras las bolas rodaban por el suelo, se encerró en el retrete blasfemando como un turco.

Entre una cosa y otra —el coronel, que despotricaba y perdía sangre por el puñetazo en la nariz; el presidente, que quería presentar de inmediato la dimisión; el secretario, que iba recogiendo las bolas por el suelo, y un principio de riña entre quienes daban la razón a don Anselmo y quienes no se la daban—, después de una media hora al final volvió la calma.

—Es preciso volver a votar. Los señores socios deben decidir si admitimos en el círculo al abogado Matteo Teresi. Bola negra significa no, bola blanca significa sí. Los socios presentes son veintinueve, dado que el barón Lo Mascolo ha informado de que no podía intervenir, lo mismo ha hecho el doctor Bellanca, y don Anselmo Buttafava está...

—... está presente. Por tanto, los votantes son treinta —dijo don Anselmo apareciendo por una pequeña puerta del salón.

El coronel Petrosillo, que aún tenía un pañuelo mojado sobre la nariz, se levantó y dijo:

—Mando a Lola.

Todos se callaron, desconcertados, preguntándose quién era esta Lola y adónde y por qué la quería mandar el coronel. El único que entendió la situación fue, como de costumbre, don Stapino Vassallo.

—Coronel, por favor, aparte el pañuelo y repita.

El coronel obedeció.

—Demando la palabra.

—Hable —concedió el presidente.

—Quiero declarar públicamente que don Anselmo Buttafava debe considerarse abofeteado por mí y, por tanto, desafiado a duelo. De modo que designo como padrinos...

—¿Podemos hablar después? —preguntó el presidente.

—Está bien —concedió el coronel.

Votaron.

Y de la urna salieron veintinueve bolas negras que significaban veintinueve noes y una bola blanca que significaba un sí. No había unanimidad, de modo que tendrían que discutir de nuevo el asunto y luego volver a votar, dado que todas las decisiones relativas a un nuevo socio debían tomarse sin ningún tipo de discrepancia.

Don Liborio Spartà decidió intervenir.

—Señores socios, es domingo y dentro de media hora se celebran las misas de mediodía. Y todos debemos ir. Por tanto, propongo que, a pesar de que el reglamento no contempla tal cosa, tratemos de abreviar el procedimiento. ¿Están de acuerdo?

—Sí, sí —afirmaron varias voces.

—Señores, como es sabido, toda candidatura de un nuevo socio debe ser avalada, según el estatuto, por dos socios del círculo con más de cinco años de antigüedad. En este caso específico, quienes respaldan al abogado Matteo Teresi son el barón Lo Mascolo, ausente, y el aquí presente marqués don Filadelfo Cammarata. Claramente, la bola blanca solo puede haberla puesto en la urna el marqués Cammarata, al que pido con cortesía...

—¡Claramente un carajo! —espetó enfadado el marqués.

Era un cincuentón seco como un clavo, casado y padre de ocho hijas, todas santurronas, siempre agitado, siempre con ganas de discutir y de palabrota fácil. También cuando estaba solo se lo veía gesticular animado: estaba discutiendo consigo mismo.

—Señor marqués, la lógica me lleva...

—¡A mí me importa un pepino adónde lo lleve la lógica —rebatió el marqués poniéndose de pie—, yo digo que he votado, tanto la primera como la segunda vez, bola negra!

Todos palidecieron.

—¡¿Cómo?! ¡Si fue usted quien lo presentó!

—Y luego he cambiado de opinión, ¿vale? ¿Uno no es libre de cambiar de opinión?

—¡Ya sé por qué ha cambiado de opinión! —espetó con una sonrisita alusiva don Serafino Labianca, que estaba en el lado opuesto del salón.

Era conocida la mutua animadversión entre ambos. Liberal y masónico don Serafino, papista y santurrón el marqués, ambos estaban enfrentados también por una disputa por la posesión de un cerezo que duraba desde hacía veinte años.

De golpe, la cara del marqués pasó de roja a verde. En esa época no existían los semáforos; si no, la semejanza habría sido perfecta.

—¿Qué pretende insinuar, Serafino de nombre y diablo cornudo de hecho?

—¡Por favor, señores! —imploró el presidente.

Don Serafino no le hizo caso.

—Yo no insinúo nada. Usted ha denunciado al padre Raccuglia sosteniendo que se había apoderado de un trozo de tierra suyo, como usted suele hacer con los cerezos ajenos, y le ha pedido al abogado Teresi, que se comería a los curas, asados, fritos, con salsa, que le represente. ¿Es verdad o no?

—¡Es verdad! ¿Y qué sugiere con eso? ¿Qué coño está insinuando? ¡No es que uno, cuando quiere contratar a un abogado, deba abrazar también sus ideas políticas!

—Déjeme terminar. El abogado ha aceptado la causa, pero le ha pedido que apoyara su candidatura al círculo. Y usted lo ha hecho.

—No podía eximirme de tener la cortesía...

—¡Qué cortesía ni cortesía! El abogado le ha dicho que, si usted lo apoyaba, no le cobraría una lira por la demanda. ¡Y usted que, a pesar de su riqueza, es tacaño como un río seco, no se lo podía creer!

—¿Y entonces por qué he votado en contra, me lo explica?

—Claro que se lo explico. Cuando el juicio aún no había comenzado, el padre Raccuglia se ha dejado convencer, por una persona que usted ha puesto de por medio, de que reconociera que estaba equivocado, así que usted ha retirado la demanda. En consecuencia, usted, que se había dirigido al abogado Teresi, el único en el pueblo que tendría la desfachatez de presentar una demanda contra un cura, le ha dado de inmediato la espalda. Como ve, no he insinuado nada.

—¡No, usted está insinuando que yo puse en medio a una persona! Ante todo, ¡dé el nombre!

—¡No! ¡Nada de nombres! ¡Acabemos de una vez! ¡Basta! ¡Es tarde! —espetaron varias voces.

Aquel nombre no debía pronunciarse en absoluto. La discusión estaba tomando una senda peligrosa. El nombre que no se debía pronunciar era el del tío Carmineddru, el jefe de la mafia del pueblo, hombre de respeto y de consecuencia.

—Entonces, señores, después de la declaración del señor marqués, me veo obligado a dirigirme al ignoto socio que...

—¿Y cómo se explica que dos nobles, el barón Lo Mascolo y el marqués Cammarata, se hayan dirigido al abogado Teresi, que es conocido como un notorio alborotador?

Aprovechando el instante de silencio, don Serafino, con la sonrisita habitual, había conseguido introducir su pregunta, que en verdad todos se habían planteado.

—¡Yo, hombre sin Dios, le rompo los huesos! —exclamó el marqués levantándose de pronto de la silla y precipitándose hacia su adversario.

No logró alcanzarlo porque tres de los presentes lo detuvieron. Echando espuma por la boca, como un toro furioso, el marqués abandonó la reunión.

—Señores, por favor, intentemos acabar. Ya han llamado a misa. Ahora me dirijo al ignoto...

—¿Y del duelo cuándo hablamos? —preguntó el coronel Petrosillo, a quien le hervía la sangre, así que se encolerizaba más cada minuto que pasaba.

—Después, después.

Hubo una especie de coro.

—Entonces rogaría al socio desconocido que ha votado por la admisión que nos explique... —empezó el presidente.

—No es preciso rogar un carajo —dijo don Anselmo Buttafava—. Fui yo quien votó que sí.

—¿Por qué? —preguntó el presidente—. Me parece que usted expresó varias veces en el pasado que no quería ver al abogado Teresi aquí dentro ni muerto.

—En efecto, en la primera votación he dicho que no.

—¿Y entonces por qué ha cambiado de idea?

—Porque si en este círculo hay un marica como el coronel Petrosillo no veo por qué motivo no puede haber un bakuniano como el abogado Teresi.

—El razonamiento es coherente —afirmó don Serafino, que aquella mañana de domingo parecía que tenía la intención de tocar las narices a toda la creación.

El coronel Petrosillo se puso de pie, pálido como un cadáver.

—¡Considérese abofeteado también usted! —espetó a don Serafino.

—Yo no me considero nada. Si tiene el valor, venga y abofetéeme. Y dado que ya le han roto otra cosa, le rompo yo la cara, como ha empezado a hacer don Anselmo.

El coronel abrió la boca para replicar, pero en aquel preciso momento, debido a los nervios, le dio un patatús. Tieso como un palo y con los ojos en blanco, cayó de espaldas. Cada tanto le daban ataques de epilepsia. Perdieron un cuarto de hora hasta que consiguieron que volviera en sí y lo acompañaron a su carroza.

—Señor presidente, ¿me concede la palabra? —preguntó el notario Giallonardo.

—Está en su derecho.

—Usted ha dicho, hace poco, que los garantes del abogado Teresi habían sido don Filadelfo Cammarata y el barón Lo Mascolo. ¿Es así?

—Es así.

—Y entonces, tras declarar don Filadelfo que había votado nada menos que dos veces en contra de su admisión, este gesto reiterado viene a invalidar sustancialmente su precedente aval, diría que lo anula del todo. En consecuencia, si las cosas están así, la candidatura del abogado Teresi estaría respaldada por una sola firma, la del barón Lo Mascolo. Pero, con el estatuto en la mano, un solo aval no es suficiente. Ergo, es como si el abogado Teresi no hubiera presentado nunca la solicitud de admisión.

—¡Joder, qué mente más refinada! —exclamó con admiración don Stapino Vassallo.

—Me parece que tiene mucho sentido —dijo el presidente—. Los señores socios están de acuerdo con...

—¡Sí! ¡Sí!

Un coro unánime.

—Entonces, se levanta la sesión —anunció el presidente.

Y enseguida hubo un huye-huye, un escapa-escapa, un empuja-empuja para salir de allí y correr a la última misa en las respectivas iglesias.

Pueblo de siete mil habitantes, situado justo en el centro de grandes latifundios, en 1901 Palizzolo presumía de contar con dos marqueses, cuatro barones, un duque de ciento dos años que ya no salía del castillo y un mártir antiborbónico, el abogado Ruggero Colapane, ahorcado en la plaza pública por su adhesión a la República partenopea.

Pero su mayor orgullo eran las ocho iglesias, cada

una provista de un campanario y de campanas tan potentes que cuando sonaban todas juntas era como si hubiera un terremoto.

La nobleza y los terratenientes se habían repartido siete de esas ocho iglesias en virtud de antipatías y simpatías, parentescos aceptados y parentescos rechazados, viejos rencores, litigios que se remontaban a los tiempos de Carlos V, demandas civiles que comenzaron en la época de Federico II de Suabia y continuaron hasta después de la Unificación de Italia, odios implacables y amores variables.

Así, por ejemplo, en la iglesia de la Dolorosa, nunca habían coincidido a la hora de la misa, celebrada por el párroco Angelo Marrafà, dos individuos como don Stapino Vassallo y don Filadelfo Cammarata.

En 1514, una antepasada de don Stapino —para ser precisos, la joven y bella Attanasia— se había casado, a los dieciséis años, con un ascendiente del marqués Cammarata, un cuarentón llamado Adalgiso. Después de dos años de matrimonio, celebrado pero no consumado por *impotentia coeundi* del esposo, Attanasia, harta de hacer de monja de clausura estando casada, comenzó a mirar a su alrededor. Y, mira que te mira, se quedó embarazada, parece que de un mozo de cuadra. Adalgiso echó a su mujer de casa acusándola de ser una cualquiera, Attanasia rebatió que su marido no conseguía hacerlo, dado que la tenía de requesón. De aquí, demandas, procesos y peleas por los cuales las dos familias no solo habían dejado de saludarse, sino que no perdían ocasión de hacerse daño.

La octava iglesia, la del Santísimo Crucifijo, en la que oficiaba don Mariano Dalli Cardillo, un párroco de setenta años, no era frecuentada ni por los nobles ni por los propietarios, ni siquiera por los burgueses. Era la iglesia de los aldeanos, de la gente pobre, de quienes vivían a pan y aire.

—Amados hijos —comenzó el padre Alessio Terranova, párroco de la iglesia de San Juan, cuando llegó a la explicación del Evangelio—. Hoy me veo obligado a hablaros de un hecho grave. El pasquín que un abogado local, de quien no quiero dar el nombre porque me ensuciaría la boca, dirige e imprime a sus expensas y difunde también en los pueblos cercanos, ha publicado esta mañana un artículo donde, además de los habituales y vergonzosos insultos a la Santa Madre Iglesia y a quienes humildemente la representamos, se ríe del sacramento del matrimonio y de la virginidad de las jóvenes, se burla de la castidad, el pudor, la virtud femenina... Pues bien, yo os exhorto, amados hijos y, sobre todo, amadas hijas, a no escuchar semejantes vilezas, que con toda evidencia están inspiradas por el diablo. La virginidad es el don supremo que una jovencita hace a su legítimo esposo, similar en todo a una flor que...

El padre Raccuglia, párroco de la iglesia matriz, la más antigua del pueblo, también él, en la explicación del Evangelio, dijo que Palizzolo corría un grave peligro, el de acabar exactamente como Sodoma y

Gomorra si se difundían los sacrílegos pensamientos de un picapleitos al que le agradaba que lo llamaran abogado de los pobres y que, en cambio, era el abogado del diablo. Este hombre, si podía llamarse hombre a alguien sin Dios que despreciaba la familia, la religión, la patria y todas las cosas bendecidas por el Señor, había escrito en su periódico que la virginidad, el bien supremo de las jovencitas, ¡era solo una mercancía de intercambio! ¡Era algo que un varón, al casarse, compraba con dinero en metálico! ¡Infame blasfemia! La virginidad, era, en cambio...

Aquel domingo, el notario Giallonardo, al final de la misa, se detuvo a hablar con don Liborio Spartà delante de la iglesia de San Cono, patrono de Palizzolo, y de la cual era párroco el padre Filiberto Cusa.

—Yo no entiendo una cosa —espetó el notario—. ¿Por qué el abogado Teresi ha solicitado la admisión sabiendo que, sin duda, la rechazarían?

—En mi opinión —dijo don Liborio—, quiere presumir.

—¿Con quién?

—Con aquellos a los que defiende. Los muertos de hambre, los que no tienen ganas de trabajar, los subversivos, los que carecen de honor... Dirá: «¿Veis? Los nobles, los burgueses y los terratenientes no me quieren con ellos. ¡Y esta es la demostración de que soy uno de los vuestros!».

—No consigo entender qué tiene este hombre en la cabeza —repuso el notario, pensativo—. Ha matado a disgustos a su padre, don Masino, que siempre fue una excelente persona. ¿Cómo? ¿Has estudiado para farmacéutico y no estás contento? No, señor, se licencia también en Derecho, reniega de su familia y de la clase a la que pertenece y se pone a hacer lo que hace. ¡A fuerza de azuzar a los muertos de hambre, hará estallar la revolución en Palizzolo!

—Para ser peligroso, es peligroso —dijo don Liborio.

—Quizá habría que pensar en ello antes de que sea tarde —concluyó el notario, viendo que don Filiberto, el párroco, recién salido de la iglesia, se les acercaba y los saludaba agitando los brazos en el aire.

—¡Os he visto, eh! —dijo don Filiberto—. ¡Habéis llegado tarde a la misa! ¿Cómo es eso?

—Hemos tenido una mañana difícil en el círculo —respondió don Liborio.

—¿Por qué?

—Hemos votado la solicitud de admisión del abogado Teresi —dijo el notario.

—¿Y cómo ha terminado? —preguntó el párroco poniéndose serio, tan risueño como estaba un momento antes.

—No ha sido considerada válida.

—¡Menos mal! ¡Si hubierais aceptado, os habría negado los sacramentos! ¿Queréis saber algo? A Teresi, cuando muera, ¡ni el diablo lo querrá en el infierno!

Rieron los tres.

Apenas salieron de la iglesia del Corazón de Jesús, de la que era párroco don Alighiero Scurria, el comendador Padalino y don Serafino Labianca se dirigieron, como hacían cada domingo por la mañana, hacia el Gran Café Garibaldi para beber el habitual vasito de malvasía antes de ir a comer. Es cierto que don Serafino era liberal y masón, pero como tenía miedo de que Dios existiera de verdad, por las dudas, ningún domingo se perdía la misa.

Se sentaron a una mesa y empezaron a hablar. Y el tema de su charla no podía ser más que Matteo Teresi.

—La solicitud de socio la ha presentado aposta para provocarnos —dijo el comendador.

—Es evidente —convino don Serafino.

—Pero sería un error reaccionar a sus provocaciones, ¿no le parece?

—Estoy por entero de acuerdo con usted.

—Por otra parte, no podemos soportarlo eternamente.

—La paciencia tiene un límite.

—Me da miedo que este hombre un día u otro acabe haciendo daño, daño de verdad. ¿Está de acuerdo?

—¿Cómo no?

—Usted, don Serafino, en el círculo ha formulado una pregunta inteligente, pero no nos han dado la respuesta.

—No me acuerdo. ¿Cuál era?

—¿Cómo es que dos nobles han apoyado la candidatura de Teresi?

Don Serafino rio.

—¡Pero es justo por lo que usted acaba de decir! Tienen miedo de que el abogado, a fuerza de instigar a los muertos de hambre, haga estallar un follón. Y ellos, como es evidente, quieren tenerlo como amigo.

El camarero trajo dos vasitos de malvasía. Se los bebieron en silencio.

—Quizá —prosiguió don Serafino— deberíamos hablar de este tema, que me parece bastante urgente, con algún otro amigo. Y luego vernos en mi casa.

—Me parece una buena idea —afirmó el comendador.

El profesor Ubaldo Malatesta, director de la escuela primaria, la única que había en Palizzolo, entró en la sacristía de la iglesia de la Santísima Virgen mientras el párroco, don Libertino Samonà, se estaba quitando los paramentos, ayudado por un niño.

—¿Cómo es que hoy no ha venido a oficiar misa? —preguntó don Libertino.

El profesor, que era un hombre tímido, se ruborizó de la vergüenza.

—He venido a disculparme. Se me ha hecho tarde en el círculo y...

—¡¿Cómo?! Viene a decirme que el vicio del juego lo ha apartado de...

—No, padre, esta mañana no se jugaba. Había que votar la admisión como socio del abogado Teresi.

El padre Samonà medía un metro ochenta y cinco de altura, y un metro ochenta y cinco de anchura. Apuntó un dedo que parecía una maza contra el profesor Malatesta y preguntó, con una voz de diluvio universal:

—¿Y usted cómo se ha comportado?

—He vo... he votado no.

—Si hubiera votado que sí, sépalo, ¡no solo no lo habría dejado ayudar más en la santa misa, sino que además lo habría echado de la iglesia a patadas!

# Capítulo II
## El funeral y la fuga de don Anselmo

En cambio, don Anselmo Buttafava no había podido oír misa en la iglesia de los Santos Cosme y Damián, de la cual era párroco don Ernesto Pintacuda, porque había tenido que volver a casa para cambiarse los pantalones quemados.

Así que, dado que aún había tiempo antes de la hora de comer, decidió ir a visitar al barón Fofò Lo Mascolo, primero, para saber si se había recuperado de la ligera gripe de la que se decía que llevaba enfermo unos dos días y, segundo, para pedirle cuenta y razón de haber apoyado la solicitud de Teresi.

En verdad, don Anselmo, que era amigo íntimo del barón, aunque don Fofò era unos veinte años más joven que él, y lo conocía por dentro y por fuera, no se había creído en lo más mínimo esta historia de la gripe. Era sabido que el barón tenía una salud de hierro, en toda su vida no había pasado un día en la cama, un dolor de muelas o de barriga, aunque era capaz de comerse él solo dos cabritos al horno con su correspondiente guarnición de varios kilos de patatas.

¿Y entonces? ¿Qué hay en la encella? Requesón.

Y aquí el requesón era que don Fofò, después de haber apoyado la solicitud del abogado Teresi para entrar en el círculo, se había arrepentido de inmediato, igual que su amigo, el marqués Cammarata, y en vez de ir a votar bola negra había fingido estar enfermo.

Don Anselmo apenas había alzado el brazo para levantar el pesado badajo cuando la portezuela de una de las hojas del gran portón del palacio Lo Mascolo se abrió, y asomó el doctor Bellanca con el maletín en la mano.

—He estado toda la mañana aquí, por eso no he podido ir al círculo. ¿Cómo ha terminado? —dijo estrechando la mano de don Anselmo.

—La solicitud ha sido rechazada.

—Mejor así —dijo el doctor.

Y amagó cerrar la puerta a sus espaldas.

—Déjela abierta —dijo don Anselmo.

—¿Quiere entrar?

Hizo la pregunta sin moverse un milímetro de la portezuela, de modo que don Anselmo no podía pasar.

—Sí.

—¿Quería ver al barón?

¿Qué preguntas eran esas?

—Sí.

El doctor cerró la portezuela, decidido.

—Créame, no está en condiciones de recibirlo.

Don Anselmo se extrañó. ¡Entonces el barón estaba en verdad enfermo!

—¿Es grave?

—Bah, sí y no.

—¿Tiene la gripe?

—No se trata de gripe.

—Entonces, ¿qué tiene?

Bellanca pareció un poco incómodo.

—Es un caso, cómo decir, particular.

—Paciencia. Saludo a la baronesa y...

—Tampoco ella podrá recibirlo.

—¿Se contagió?

—Bah, digamos que sí.

—¿Y también la baronesita Antonietta?

El doctor Bellanca puso una cara extraña.

—Bah, digamos que ella está... en el origen de la enfermedad.

¿Cómo era posible? La baronesita era una joven de dieciocho años, guapa como un sol y que regalaba más salud que su padre.

—Oiga, doctor, pero si el contagio es tan fácil...

—No se alarme y, sobre todo, no lo diga por ahí para no difundir miedos inútiles. Aquí dentro el barón y los suyos están como en cuarentena. Basta evitar el contacto directo. Cuestión de días y pasará todo.

Don Anselmo se acordó de que Bellanca le había estrechado la mano. Sintió un escalofrío, porque tenía un miedo terrible a las enfermedades.

—Pero usted, doctor, ¿se ha lavado las manos?

Bellanca no le respondió y se alejó blasfemando. Ya de regreso a casa, don Anselmo se volvió para mirar el palacio Lo Mascolo. Todas las ventanas y balcones estaban con las persianas cerradas. Como si hubiera un luto en la casa. No se veía ninguna señal de vida. ¿Un domingo a la una? ¿Con un sol que rajaba las piedras? ¿Acaso estaban todos muertos?

Para volver a su vivienda, don Anselmo debía pasar, por fuerza, por delante del palacio Cammarata, que estaba situado, solitario, en una calle que se llamaba también Cammarata. En efecto, la nobleza quería que el palacio no estuviera cerca de otros edificios, así que ocupaba toda la calle y delante solo tenía el jardín de la casa y la reja.

Al llegar a la plaza Unidad de Italia, don Anselmo se detuvo asombrado. No podía entender por qué, pero había algo que le había extrañado. ¿Qué era?

¡Eso es, el silencio!

El marqués Filadelfo tenía ocho hijas, la más pequeña de cinco años y la mayor de diecisiete, una mujer, la marquesita Ernestina, que era de naturaleza vocinglera, y dos criadas. Único hombre en medio de once mujeres que ora reñían, ora reían, ora lloraban, ora charlaban, ora soltaban palabrotas, ora refunfuñaban, el marqués a veces se despistaba y se ponía tan nervioso, incluso cuando estaba durmiendo, que a menudo salía vestido como se encontraba y, para desahogarse, buscaba pelea con el primero que pasaba. Todo lo que ocurría dentro del palacio lo sabía de inmediato quien caminaba por via Cammarata, debido a las ventanas siempre abiertas, en verano y en invierno, por donde las conversaciones de las once mujeres, que solían hablar siempre en voz alta, salían, rebotaban en las piedras y entraban por las mismas ventanas por las que acababan de salir.

Pero ¿cómo es que dentro del palacio había un

silencio sepulcral? Levantando la vista, don Anselmo se percató de que todas las ventanas tenían las persianas cerradas, algo nunca visto antes. ¿Qué podía haber sucedido?

«No —se dijo—. ¡Aquí no me cuentan la verdad, ni el señor barón ni el señor marqués!»

Volvió atrás, decidido a golpear en el portón para que le dieran explicaciones. Pero apenas había dado tres pasos cuando se quedó paralizado.

De la otra punta de la calle estaba llegando, jadeante, el doctor Bellanca con el maletín en la mano.

—¿Está yendo a casa del marqués? —preguntó el médico.

—Sí —respondió don Anselmo.

—¿Lo ha llamado él?

—No, pero como al pasar he visto...

—Por favor, vuelva a casa, don Anselmo.

—¿Por qué?

—Porque no creo que el marqués esté en condiciones de verlo —dijo el doctor, mientras llamaba a la puerta.

—¿Está enfermo?

—Sí.

—¡Pero si esta mañana lo he visto en el círculo!

—No significa nada. La... El... En resumen, la cosa agarra de repente.

Don Anselmo tuvo la revelación como una especie de puñetazo en el estómago.

—¿Con diarrea? —preguntó aterrorizado.

—También.

—¡Oh, madre santísima! ¡Entonces es una epidemia!

El portón se abrió. El doctor entró. El portón se cerró.

Don Anselmo se preguntó por segunda vez qué había en la encella.

Y dio con la respuesta. El requesón de esa encella no podía ser más que uno y terrible: el cólera. Algunos años antes se había producido una epidemia de cólera y se había llevado al camposanto a medio pueblo. Se quedó un momento mirando las ventanas cerradas; luego, apoyándose más fuerte en el bastón porque las piernas le temblaban más de lo habitual, caminó deprisa hacia casa, abrió la puerta, entró, se sentó en una silla de la antecámara y ya no consiguió moverse.

Su mujer, la señora Agata, que había oído abrirse la puerta, fue a la antecámara y vio a su marido, pálido como un muerto, dándose aire con el sombrero. Se preocupó.

—'Nzelmù, ¿qué ha pasado? ¿No te encuentras bien? Por qué tienes esta cara, ¿eh?

—Cállate un momento, déjame recuperar el aliento, ¡demonios!

Pero la señora no podía contenerse.

—¡Habla, 'Nzelmù, no me asustes! ¡Virgen santa!, ¿qué tienes?

—¡No tengo nada! ¡Deja de dar vueltas a mi alrededor como una mosca! ¿Dónde está Girolamu?

—¿El cochero? No sé.

—Manda a la criada a buscarlo. ¡Debe uncir la carroza grande!

—¿Por qué? ¿Sales? ¿Adónde vas?

—Agatì, ¡también tú vienes conmigo y salimos enseguida!

—¡Qué! ¿Y adónde vamos?

—¡Al campo!

—¿A San Giusippuzzo? ¿Otra vez? ¡Pero si no hace ni una semana que volvimos!

—¡Y ahora tengo ganas de ir de nuevo, por mil demonios!

—Está bien, está bien, no blasfemes, pero ¿cuánto tiempo nos vamos a quedar?

—Calcula un mes.

—¡Qué! ¿Tanto? ¿Por qué?

—No perdamos tiempo, Agatì. Ve a preparar los baúles, coge también ropa de abrigo.

—¡Pero está la mesa puesta!

—Agatì, no me toques las...

—Pero ¿qué es esa prisa?

—Agatì, en el pueblo hay algo que no me acaba de convencer. Toda la familia del barón Lo Mascolo está enferma, toda, Agatì, y también la familia del marqués Cammarata.

—¡La gripe que corre!

—¡Qué gripe! ¡El doctor Bellanca se pasa el día arriba y abajo! Y no me ha querido decir nada, ¡grandísimo cornudo! Pero lo he comprendido: Agatì, ¡hay una epidemia! ¡Tal vez el cólera!

—¡Virgen santa y bendita! ¡Corro a preparar los baúles!

Partieron dos horas después, y para llegar a San Giusippuzzo tardaron la hora de costumbre. El sendero estaba en tan malas condiciones que en varias ocasiones la carroza estuvo a punto de acabar en un foso. Finalmente, porque Dios quiso, Girolamu detuvo los dos caballos en el patio interior de la villa, la parra, el establo, la cochera y la casa del aparcero, 'Ngilino, que vivía allí con su mujer, Catarina, y su hija Totina, de diecisiete años. Por la ventanilla de la carroza, don Anselmo advirtió que en la casa no debía de haber nadie, porque la puerta estaba cerrada, como también las persianas.

Como el aparcero no esperaba la llegada de su patrón, sin duda se encontraba en el campo. Y Catarina y Totina debían de haber ido al pueblo, puesto que era domingo.

Bajó de la carroza y fue a abrir la puerta de la villa. Y mientras su mujer entraba, dijo al cochero:

—Intenta llamar a 'Ngilino. Si está en los alrededores, que venga y te ayude a subir los baúles.

En el primer piso estaba el dormitorio matrimonial. Se tumbó vestido como estaba; el viaje le había roto los huesos y, además, no había podido echarse la siestecita de después de comer.

—Voy a descansar un poco —anunció a su mujer, que iba de un lado a otro por la habitación.

Se adormeció de golpe y durmió dos horas seguidas.

Lo despertó la señora Agata.

—Tienes que levantarte. Girolamu y 'Ngilino están trayendo el baúl con la ropa.

Fue al retrete.

Cuando salió, su mujer estaba sacando la ropa y se veía que estaba enfadada porque se lamentaba con la boca cerrada. Agata era buena y afectuosa, pero le gustaba ser servida. No se agachaba ni para coger un alfiler del suelo.

—¿Qué necesidad había de hacer ahora todo este trabajo? Se lo podías pedir a Catarina y a Totina cuando volvieran del pueblo.

—'Ngilino me ha dicho que no han ido al pueblo.

—¿Y adónde han ido?

—A ninguna parte. Están en la casa.

—¡¿En la casa?! ¿Y cómo es que no han salido a recibirnos cuando hemos llegado?

—Porque están enfermas.

—¿Las dos?

—Las dos.

—Pero ¿esta mañana estaban en la iglesia?

Don Anselmo en persona le había pedido al párroco don Ernesto Pintacuda que aceptara como parroquianas en la iglesia de los Santos Cosme y Damián a Catarina y Totina, que normalmente deberían haber ido a la iglesia del Santísimo Crucifijo, la de los aldeanos. El hecho era que a don Anselmo le gustaba mucho Totina. Era una muchacha que no alcanzaban los ojos para mirarla y tenía siempre una alegría contagiosa. A menudo, don Anselmo se ponía en el balcón y pasaba horas viendo a la chica trabajar en el patio. Y le había dado dinero, a escondidas de la señora Agata, para que se comprara vestidos bonitos y que no desentonara en la misa.

—No, no estaban.

Un pensamiento fulminó a don Anselmo.

—¡Joder!

—¿Qué te pasa?

—¡Joder y joder!

—¡No digas palabrotas! ¿Qué tienes?

—¡Las pu... puertas cerradas! ¡Las ven... ventanas cerradas! ¡Como en el pa... palacio Lo Mascolo! ¡Como en el pa... palacio Cammarata! ¡Vuelve a poner la ropa dentro del baúl!

—¿Te has vuelto loco?

—¡Agatì! ¡La epi... la epidemia ha llegado hasta aquí!

Salió de la habitación, bajó a la carrera la escalera, llegó al patio, se dirigió hacia los establos, subió al primer piso y con un patadón abrió de par en par la puerta del cuarto donde dormía el cochero.

A Girolamu, que estaba en calzoncillos, por poco le da un ataque.

—¿Qué...? ¿Qué pasa, excelencia?

—¡Unce otra vez la carroza! ¡Salimos!

—¿Adónde, excelencia?

—¡Iremos a la Forcaiola!

Girolamu empalideció.

—Pero, excelencia, ¡como mínimo hay dos horas de viaje! ¡Y dentro de poco oscurecerá!

—Ya me estás cansando. ¡Unce! ¡Y luego ven a buscar los baúles!

—Excelencia, ¿puedo pedirle a 'Ngilino que me ayude?

—¡No! ¡Tú a 'Ngilino no lo debes ver ni en pintura!

—Excelencia, ¿puedo decirle una cosa, ahora que no está la señora?

—Dime.

—Mire que por la Forcaiola dicen que está el bandolero Salamone.

¡Lo último que faltaba! El bandolero Salamone, cuando encontraba a un noble o a un burgués, no solo lo despojaba de todo, dejándolo desnudo como a Adán, sino que además no se perdía ni a una mujer. Las violaba a todas, de los cincuenta a los quince, bajo los ojos de maridos, padres y hermanos, que eran retenidos por otros bandoleros. Teniendo más de sesenta, su mujer no corría peligro.

El fastidio era que Salamone era capaz de llevarse también la carroza dejándolos a los dos, es más, a los tres, porque los bandoleros no habrían perdonado ni a Girolamu, desnudos, de noche, en medio de un sendero.

Pero entre el cólera y los bandoleros no podía haber dudas.

—¡Unce! ¡Unce!

La Forcaiola era un feudo propiedad del primo hermano de don Anselmo, don Lovicino Scattola, quien cumplía una condena de siete años en la cárcel de Palermo por matar, durante una partida de caza, a don Michelangelo Fichera. Este había sostenido, cinco minutos antes, que don Lovicino en su vida nunca había conseguido abatir ni a un conejo ni a una liebre, dado que era incapaz de darle a un elefante a medio metro de distancia. Y entonces don Lovicino le había disparado desde diez metros, desmintiendo así en presencia de testigos su afirmación.

Ante la condena del amo, Benuzzo Cogliastro, el

aparcero de don Lovicino, se había envalentonado: durante siete años sería el verdadero propietario del feudo. Pero un día se le había presentado don Anselmo con un poder notarial del primo y desde aquel momento Benuzzo se la tenía jurada. Por eso don Anselmo se dejaba ver poco y nada por aquellas tierras, solo iba cuando no podía evitarlo. Como en este caso.

Llegaron cuando era noche cerrada, sin haber encontrado, por suerte, al bandolero Salamone. El patio estaba casi igual al de San Giusippuzzo. En la casa de Benuzzo, las persianas parecían abiertas, pero no había un hilo de luz porque, de seguro, toda la familia estaba durmiendo. Girolamu cogió la lámpara de la carroza y alumbró a don Anselmo, que tenía en la mano las llaves para abrir el portón de la villa. La señora Agata no había querido bajar hasta que todas las lámparas de petróleo de la entrada estuvieran encendidas.

Don Anselmo, a quien de tanto vapuleo le temblaban las manos, al tercer intento consiguió meter la llave en la puerta. Y en aquel momento atronó un disparo de escopeta. Los perdigones de la recortada abrieron un agujero en la madera del portón, a pocos centímetros de su cabeza. Y los dos caballos, espantados por el tiro, echaron a correr hacia la salida del patio mientras la señora Agata empezaba a gritar, desesperada. Pero dado que las bestias tomaron la curva cerrada, la rueda izquierda fue a golpear contra el muro y la carroza volcó.

—¡Estoy muerta! —gritó la señora Agata antes de desmayarse.

—¡Marchaos u os mato a todos! —espetó enfadado un hombre.

Don Anselmo, que se había tirado al suelo y temblaba de miedo, reconoció la voz del aparcero Benuzzo.

—¡Benuzzo! ¡Soy yo, don Anselmo! ¡No dispares!

Como respuesta, don Anselmo vio un relámpago que salía de una de las ventanas de la casa del aparcero y cerró los ojos.

«Estoy muerto», pensó.

El tiro dio de nuevo en el portón.

—¡Tú no eres don Anselmo, tú eres el bandolero Salamone y me quieres tomar por tonto! —respondió Benuzzo.

—¡Sacadme de aquí! ¡Ayuda! ¡Sacadme de aquí! —gritaba entretanto la señora Agata, que se había recuperado del desvanecimiento.

Dado que la lámpara se le había caído de las manos a Girolamu, que estaba tumbado panza abajo y rogaba en voz alta a la Virgencita, don Anselmo tuvo una idea desesperada.

Alargó la mano, cogió la lámpara y se la puso delante de la cara.

—¡Mírame bien, capullo! ¡Soy don Anselmo!

—¡Qué! ¿Es usted? No lo había reconocido, perdone. ¡Podría haberme avisado de que venía! ¡Bajo de inmediato!

Y en aquel instante, por el tono de voz del aparcero, don Anselmo comprendió que Benuzzo sabía perfectamente, desde el momento en que la carroza había entrado en el patio, que se trataba de él y no del bandolero Salamone.

¡Y le había disparado aposta, el grandísimo cornudo!

Pero cuando quiso levantarse, don Anselmo no pudo. Estaba todo dolorido.

—¡Ve a ayudar a la señora! —gritó a Girolamu.

Ahora en la casa de Benuzzo se oían las voces de su mujer, Ciccina, de su hijo Paolino y de su hija Michilina, que se estaban vistiendo a la carrera para asistir a los señores.

Benuzzo, jadeando y con una luz, se agachó para mirar a don Anselmo. Aún tenía la escopeta en la otra mano.

—¿Lo he herido?

—No.

—¡Menos mal! Lo ayudo a levantarse.

Y le tendió la mano. Don Anselmo no la cogió de inmediato, sino que hizo una pregunta que a Benuzzo le pareció extraña:

—¿Todos bien en la familia?

—Todos bien, gracias a Dios.

Solo entonces don Anselmo aferró la mano del aparcero. Si estaba bien quería decir que, por suerte, el cólera aún no había llegado a aquellas tierras.

# Capítulo III
## El cólera de don Anselmo y otras complicaciones

Más o menos a la misma hora en la que don Anselmo conseguía al fin conciliar el sueño en la Forcaiola, es decir, a las cuatro de la madrugada, el portón del palacio Lo Mascolo se abría cautelosamente y un hombre asomaba la cabeza y miraba a derecha e izquierda para ver si había alguien en los alrededores.

Más tranquilo, el hombre salió cerrando el portón detrás de él.

Iba por completo embozado, con un barragán que le tapaba la boca y una gorra calada sobre la frente, de modo que solo se le entreveían los ojos.

El hombre lucía también un viejo par de zapatos con clavos, como los de los aldeanos. En la mano derecha tenía un cayado como los que utilizan los pastores de ovejas.

No encontró ni un alma en su camino. Pero, aunque alguien lo hubiera visto por casualidad, difícilmente habría podido distinguir que era el barón don Fofò Lo Mascolo.

Llegó delante del portón de la casa del abogado Teresi —una casita solitaria en lo alto de la colina a la que trepaba el pueblo, tan en la cima que debajo de la parte de atrás de la vivienda solo había un barranco de unos sesenta metros—, se detuvo, levantó el bastón y dio un gran golpe en la madera. No obtuvo ninguna respuesta.

El abogado no se había casado, vivía con un muchacho de veintiún años, Stefano Pillitteri, hijo de una hermana suya que había muerto joven tras contraer matrimonio con un sinvergüenza. El abogado, que apreciaba a aquel sobrino y que lo consideraba un muchacho inteligente, lo tenía como pasante y le pagaba los estudios de Derecho en la Universidad de Palermo.

El barón volvió al ataque. Mientras con la mano derecha golpeaba con todas sus fuerzas el badajo, con la izquierda pegaba con el bastón en el portón, dándole a la vez grandes patadas con los zapatos. Con aquel follón se habría abierto la puerta de una tumba. En efecto, por las persianas de una ventana del primer piso se filtró una luz débil, la ventana se abrió y apareció el abogado, que recitó la fórmula habitual:

—Mi puerta está abierta a todos. Por eso usted, quienquiera que sea, es bienvenido en esta casa. Bajo a abrirle.

Cinco minutos después, el hombre entraba en la casa. Teresi, primero, no lo reconoció. Pero apenas aquel se quitó el barragán y la gorra, se extrañó.

—¿Usted, barón? ¿Por qué se ha vestido así?

—No quería que me reconocieran.

—¿Por qué? Usted, para venir a verme, nunca se ha disfrazado.

—Esta vez sí.

—Póngase cómodo en mi despacho.

Teresi se sentó detrás del escritorio; el barón, en el sillón que estaba delante.

—¿Le preparo un café?

—No.

Cayó el silencio. El abogado, por experiencia, sabía que era mejor dejar que jugara la primera carta la persona que tenía delante.

—¿Está su sobrino? —preguntó el barón al cabo de un momento.

—¿Stefano? Sí, duerme en su habitación.

—¿Y cómo no se ha despertado?

—Bah. Tal vez porque los jóvenes tienen el sueño pesado. ¿Puedo preguntarle por qué ha venido a esta hora de la noche?

—Para matar a su sobrino Stefano —espetó el barón Lo Mascolo, sacando del bolsillo un revólver que puso encima del escritorio—. ¿Me hace el favor de despertarlo?

La señora Agata le había confiado a la vieja criada Suntina el motivo por el cual se estaban escapando con tanta prisa de Palizzolo.

—Eso dice mi marido, don Anselmo, parece que hay cólera. Pero no quiere que lo sepa nadie.

En la última epidemia de cólera, Suntina había perdido al padre, la madre, los cuatro abuelos y el único hermano varón. La había pillado en casa de un hermano de su padre, Tamazio, que era un aldeano y que la había tratado como una sirvienta (y esto era normal), que la había desvirgado a los trece años (y también esto era normal), pero que pretendía que cada domingo la muchacha le lavara los pies. Y esto no era normal y Suntina no lo soportaba. Se había escapado al pueblo y llamado al primer portón que había visto. Era el del palacio Lobue, donde vivían Galatina y Natale Lobue, recientes padres de Agata. Suntina había criado a la pequeña y, cuando Agata se había casado con don Anselmo, se la había llevado consigo.

—Tú, Suntì, ¿quieres venir con nosotros?

—No. Prefiero quedarme aquí y esperar a que vuelvan.

—Pero es peligroso.

—Lo sé, pero estando aquí le cuido la casa.

Era una buena idea, dado que en la anterior epidemia de cólera se habían producido robos y saqueos.

—Como quieras.

Apenas los amos partieron, Giseffa, la otra criada, que no tenía ni veinte años, tanto hizo y tanto dijo que Suntina se vio obligada a decirle el motivo de la partida.

—¡Virgen santa! ¡El cólera! ¡Me voy ahora mismo de aquí! —espetó Giseffa, con un miedo de muerte.

—¿Y adónde vas?

—A casa de mi padre.

—¡Pero la casa de tu padre también está en el pueblo! Más bien, escúchame: quédate aquí, que es mejor.

—¿Por qué es mejor?

—Primero, el cólera no ataca a los ricos, solo a los pobres. Si estamos dentro de una casa de ricos, es posible que el cólera, pasando a la carrera, se equivoque y nos tome también a nosotras por gente adinerada. Segundo, porque aquí hay harina, queso, sardinas saladas, tomates y agua en abundancia. Podemos estar como mínimo tres meses sin salir de casa. Cerramos el portón y no abrimos a nadie.

—No. Quiero ir con mi padre.

—Oye, hagamos lo siguiente: dado que don Anselmo no quiere que la historia del cólera se sepa de inmediato, esta noche duermes aquí. Mañana, a las siete, te levantas y te vas a casa de tu padre.

—¿Bromea, barón?

—Le advierto, abogado, no me cabree, que le disparo también a usted.

—Está bien, está bien. Pero ¿puedo saber la razón por la que...?

—¿Antes podemos precisar algunas cosas?

—Si quiere, precisemos.

—¿Cómo ha sido siempre mi relación con usted?

—Buena, diría.

—Excelente, diría yo. Le doy un solo ejemplo. ¿Mi demanda contra el barón Mostocotto no se la confié a usted en vez de al abogado Moschino, que quería hacerse cargo de ella?

El motivo de la demanda entre los dos barones había sido que un día el barón Mostocotto, que era flojo de vejiga y por eso se le escapaba siempre el pis, había sido sorprendido por don Fofò mientras orinaba en una esquina del palacio Lo Mascolo. El barón se lo había tomado mal.

—Mire —había dicho Mostocotto para zanjar el asunto—, si desea un resarcimiento, puede venir a mear cuando quiera en mi palacio.

No había habido manera de resolver el asunto, a pesar de la autorizada intervención del notario Giallonardo. El barón Lo Mascolo había presentado una demanda contra el otro barón por daño de inmuebles.

—Sí, es verdad —admitió Teresi.

—¿Y no le di sin discutir el anticipo, bastante grande, que usted me pidió?

—Sí, señor.

—Y cuando usted me pidió que apoyara su solicitud de socio del círculo, ¿lo hice o no?

—Claro que la apoyó.

—¿No he permitido que su sobrino Stefano viniera de visita a casa cuando quisiera?

—Sí. Y le agradezco esta magnanimidad.

—Pero él no.

—¿Él, quién?

—Su sobrino.

—¿No le está agradecido?

—No.

—¿Y por eso le quiere disparar?

—No diga tonterías, abogado.

—Y, entonces, ¿por qué?

—Hace tres días, mi hija Antonietta empezó a encontrarse mal. Era la primera vez que le ocurría algo parecido en dieciocho años. Por eso, mi mujer llamó al doctor Bellanca. Desde entonces, mi casa está en luto riguroso.

—Virgen santísima, ¿tan grave es la enfermedad?

—¿Grave? ¡Mi hija está muerta!

El abogado dio un salto.

—Permítame abrazarlo, barón —dijo con sinceridad—. Una desgracia tan terrible...

—Quédese sentado o la terrible desgracia le ocurrirá a usted. Mi hija, hasta esta noche, no ha querido hablar, a pesar de los ruegos de su madre.

Teresi comenzó a sentir un sudor frío. De seguro, el barón Lo Mascolo se había vuelto loco, no podía haber otra explicación. En aquella familia había una rama de locura. La hermana del barón, doña Romilda, ¿no se había hecho monja? Y un día, después de veinte años de clausura, ¿no había salido del convento y se había puesto a bailar desnuda?

—Bueno, mire, egregio barón, de costumbre, a pesar de las plegarias, por desgracia, los muertos no...

—¿Qué muertos?

Teresi se secó el sudor de la frente con la mano.

—Barón, si no he entendido mal, hace un momento me ha dicho que su hija estaba muerta y, por tanto...

—Para mí está muerta. Para su madre, no.

Entonces, ¿también la baronesa estaba loca? ¿Se habían vuelto locos marido y mujer? A veces ocurre, en las familias. ¿La señora Rossitano no se creía una avispa y su marido un moscardón? ¿Y no se hablaban entre ellos haciendo sssssssss y zzzzzzzzz?

—Escuche, barón, quizá sea mejor que vuelva a casa y...

—Volveré después de haberle pegado un tiro a su sobrino.

Teresi esta vez saltó, estaba harto de que le tocaran las pelotas.

—Pero ¿me quiere explicar por qué pretende matar a Stefano? ¿Qué tiene que ver con esta historia?

—Tiene, tiene. Solo él puede haber dejado embarazada a mi hija Antonietta.

La criada Giseffa llegó a casa de su padre, en el callejón Raspa, cuando el reloj del ayuntamiento daba las cuatro de la madrugada. A las cuatro y cinco, la madre de Giseffa, Nunziata, abrió la ventana y se puso a dar voces:

—¡El cólera! ¡El cólera!

Dado que el callejón era estrecho, los gritos se oyeron en las veinticinco viviendas situadas en aquel callejón. Los primeros en marcharse al campo fueron los Cumella, luego se fueron los Licata, los Bonacciò, los Gaglio, los Bonadonna, los Restivo... En resumen, a las cinco en el callejón solo quedaron siete gatos, dos perros y Tano Pullara, que tenía noventa años y no se quiso ir con los otros alegando que el cólera era bienvenido ya que estaba cansado de vivir.

A las cinco y diez, Gesummino Torregrossa, que cada mañana pasaba a buscar a su amigo Girlanno Tumminia para ir juntos a trabajar, al no encontrar a nadie, vio a Tano Pullara sentado delante de su casucha y le preguntó, desorientado, qué había ocurrido.

—El cólera —le respondió.

—¿Y quién lo ha dicho?

—Don Anselmo Buttafava.

Gesummino le dio la espalda y volvió a la carrera al callejón Centostelle, donde vivía. A las cinco y media, también ese callejón quedó vacío.

En la primera misa, la de las seis, pareció que los curas se habían puesto de acuerdo.

En las iglesias se veían caras que nunca se habían visto: los sirvientes, los cocheros, los mozos de cuadra, los jornaleros, las criadas, las nodrizas y las cocineras de los palacios habían ocupado su puesto junto a sus amos y todos rezaban para que el Señor los salvase del cólera.

Y, además, había gente de paso que estaba preparada para escapar al campo, pero antes quería recibir la bendición. Pero en las respectivas iglesias se notaba la falta de tres familias: la de don Anselmo Buttafava, la del marqués Cammarata y la del barón Lo Mascolo.

Es sabido que en la primera misa no hay sermón. Sin embargo, esta vez los curas subieron al púlpito y, más que predicar, insultaron y maldijeron.

El padre Eriberto Raccuglia espetó:

—¿No os había dicho que este pueblo acabaría como Sodoma y Gomorra? Expulsad al diablo que bajo la forma del abogado Teresi...

El padre Alessio Terranova dijo:

—¡Es inútil llorar y suplicar a Dios para que os salve del cólera! ¡Primero hay que liberar el pueblo!

El padre Filiberto Cusa exclamó:

—¡Debemos arrancar la mala hierba!

El padre Alighiero Scurria se burló:

—Ahora lloráis, ¿eh? Ahora rezáis, ¿eh? ¡Sois como ovejas perseguidas por las avispas! Y cuando os dije que Teresi era el diablo en persona, ¿qué hicisteis? ¡Nada! Tal vez aún estéis a tiempo...

El padre Libertino Samonà proclamó:

—¡Haced una santa cruzada!

El padre Angelo Marrafà amenazó:

—¡Juro que los supervivientes del cólera no volverán a poner un pie en esta iglesia si no se han desembarazado de Matteo Teresi!

El padre Ernesto Pintacuda se ofreció, heroico:

—¡Y a la cabeza me pondré yo con la cruz!

Solo el padre Mariano Dalli Cardillo no dio el sermón, se limitó a rezar con sus parroquianos para que el Señor salvara a todos del cólera, que se presentaba como un terrible castigo.

El alcalde Nicolò Calandro se despertó a causa de un gran griterío debajo de sus ventanas. Su mujer, Filippa, que era sorda como una campana, en cambio, continuó durmiendo. De pronto, el alcalde pensó en algo que temía que antes o después ocurriese: una revolución popular desencadenada por ese grandísimo hijo de puta desfondado del abogado Teresi.

Y se imaginó colgado por los pies de un árbol en medio del jardín municipal, como había sucedido treinta años antes con su predecesor, el alcalde Bonifazi.

«¡A mí no me cogerán vivo!», se dijo saltando de la cama y agarrando el revólver que tenía en el cajón de la mesilla de noche.

Descalzo como estaba y en camisón, se acercó a la ventana y miró a través de las persianas, que, por suerte, no estaban completamente cerradas.

Apenas vio lo que vio, quedó trastornado.

Una fila interminable de varones, mujeres, viejos, jóvenes, niños que se llevaban cabras, ovejas, gallinas, conejos y que, corriendo, arrastraban sobre carretillas o sobre algún raro asno cosas de casa como colchones, ollas, recipientes de terracota y cestos llenos de vestidos.

No, no era la revolución, no la tenían tomada con él, aquella gente estaba escapando. ¿Por qué? ¿Qué ocurría en el pueblo? Abrió la persiana, se asomó y preguntó:

—¿Qué sucede?

—¡El cólera! ¡El cólera! —fue la respuesta de muchas voces.

¿Qué coño decían? ¡¿El cólera?!

—¿Quién ha dicho que hay cólera?

—Don Anselmo Buttafava —contestó una voz femenina.

Don Anselmo era una persona sensata y, por eso, había que creerle. Pero, entonces, ¿cómo es que el doctor Bellanca no le había dicho nada?

Se vistió en un visto y no visto, y salió de la casa sin despertar a su mujer. Cinco minutos después golpeaba el portón del doctor.

—Justamente mi marido ha ido a verlo —le informó por la ventana la señora Bellanca.

El ayuntamiento a aquella hora estaba cerrado, por eso el doctor debía de haberse dirigido hacia su casa. En efecto, lo encontró golpeando en vano la puerta, porque la sordera de la señora Filippa no le permitía oír ni un terremoto.

—¿Por qué no me ha dicho que hay cólera? —espetó enfadado el alcalde.

—¡Cálmese! ¡Y no me dirija la palabra en ese tono!

—Pero ¿usted se da cuenta de la responsabilidad que tengo como alcalde?

—¡Claro!

—¿Y entonces por qué no me dijo nada del cólera? Es evidente que se incubaba desde hace días y usted...

—Pero ¡qué cólera ni cólera! —lo interrumpió el doctor.

Parecía que el alcalde no había entendido bien.

—¿Qué dice? ¿Que no hay cólera?

—¡Exacto! Por escrúpulo, antes de venir a verlo, he ido a despertar a mi colega, el doctor Palumbo, y él tampoco sale de su asombro.

—Entonces, ¿cómo se explica que don Anselmo Buttafava...?

La gente seguía corriendo a su lado. Uno se detuvo con una hoz en la mano.

—Vosotros, los ricos, no escapáis, ¿eh? ¡A vosotros el cólera no os ataca, grandísimos cornudos!

—¡Yo te mato! —le increpó el alcalde sacando el revólver que se había metido en el bolsillo.

Una mujer aferró por un brazo al hombre y lo arrastró consigo.

—No te comprometas, Ninù.

El hombre se dejó llevar dando voces:

—¡Grandísimos cornudos!

—Yo podría explicarle qué ha sucedido —respondió el doctor en cuanto el hombre se alejó—, pero en medio de la calle no me apetece. Es algo privado.

—Vamos al ayuntamiento.

Tras dar algunos pasos, los detuvo Toto Carrubba, que tenía un ultramarinos. Desesperado, el hombre se tiraba de los pelos.

—¡Me están arruinando! ¡Me llevan a la quiebra!

—¿Qué pasa, Toto? —preguntó el alcalde.

—¡Han derribado la puerta del ultramarinos! ¡Me lo están robando todo!

¿Estaban comenzando los saqueos? Calandro tomó una rápida decisión.

—Doctor, la historia de don Anselmo me la cuenta después. ¡Aquí hace falta la fuerza pública! Debo avisar a los carabineros.

—Señor barón, antes de entrar en la habitación de mi sobrino, le recuerdo que me ha dado su palabra de honor de que no le disparará antes de que yo haya hablado con él.

—Yo mantengo mi palabra de honor.

Entraron. El muchacho dormía que daba gusto. Teresi tenía en la mano la lámpara de petróleo; el barón, el revólver. El abogado, que seguía más que convencido de la inocencia de su sobrino, estaba tenso, listo para tirarle la lámpara al barón en la cara en cuanto este amagara disparar.

Teresi avanzó hacia la cama; don Fofò, según

habían acordado en el despacho después de dos horas de negociaciones, se quedó quieto cerca de la puerta.

—¡Stefanù, despiértate! —susurró Teresi sacudiendo al joven por un hombro.

El muchacho abrió los ojos y de inmediato los cubrió con un brazo, porque la lámpara tan cerca de la cara lo deslumbraba.

—Pero ¿qué hora es? —preguntó con la voz pastosa.

—No lo sé. Las seis y media, las siete...

—¿Qué sucede?

E intentó levantarse. Si lo hubiera hecho, habría podido darse cuenta de que el barón estaba con ellos.

—Quédate acostado. Solo debo preguntarte una cosa.

—Pregúntemela.

—Pero ¿me juras que me dirás la verdad?

—¡Claro que lo juro!

—¿Por el alma de tu madre?

—Por el alma de mi madre. Pero ¿qué quiere saber?

El abogado tragó y luego lanzó la pregunta en voz alta, de modo que el barón pudiera oírla bien.

—Tú, con la hija del barón Lo Mascolo, ¿qué hiciste?

—¿Con Antonietta? ¿Y qué tenía que hacer?

El abogado tenía miedo de que, si erraba una sola palabra, el barón, ofendido, se pusiera a disparar a bulto. Y acabó empeorándolo.

—Eso —dijo.

Y, para hacerse entender mejor, cerró el puño y lo movió adelante y atrás, como un émbolo.

—¿Me explico?

Y luego, dándose cuenta del gesto que se le había escapado, cerró los ojos esperando una bala que le agujerease la cabeza.

# Capítulo IV
## Lo que el doctor Bellanca le contó al alcalde Calandro

La reacción del muchacho fue violenta e inesperada. Su mano derecha salió de debajo de la sábana a gran velocidad y golpeó con fuerza la mejilla izquierda de su tío.

—¡No le permito que diga esas cosas de Antonietta!

Ahora se había sentado en medio de la cama, temblaba de desdén, se había puesto blanquísimo.

—¡Tiene que decirme quién le dijo esas obscenidades, que lo mato con mis propias manos!

Pero el abogado, conocido por su verborrea, de pronto se quedó sin palabras. Estaba conociendo, con grandísima satisfacción y a pesar de que la cara le ardía, la verdadera naturaleza de su sobrino, hasta aquel momento escondida.

—¡Cálmate, Stefanù! —consiguió decir.

—¡No me calmo, no! ¡Usted debe decirme quién le contó esa infamia!

Ya no había razón para que el barón continuara a la sombra, cerca de la puerta.

—Señor barón, si ahora quiere...

No respondió nadie.

—¿El barón está aquí? —preguntó extrañado Stefano.

El abogado no respondió, se levantó, salió de la habitación y apenas tuvo tiempo de ver a don Fofò abriendo la puerta de la casa para salir.

—¡Señor barón!

Lo Mascolo se volvió, lo miró, se quedó un momento en silencio y luego dijo:

—Su sobrino me ha convencido.

Y salió tras cerrar la puerta.

A Teresi apenas le dio tiempo de volver a la habitación de su sobrino cuando oyó que golpeaban de nuevo la puerta a patadas y bastonazos, como había ocurrido algunas horas antes.

Solo podía ser el barón, a quien evidentemente le había vuelto a dar un ataque de locura.

—Llaman —gritó Stefano desde su habitación.

El abogado no se movía, no sabía qué hacer. ¿Volver a meter en casa a aquel loco desatado no era peligroso?

—¡Ábrame, por caridad, están llegando! —vociferaba entretanto el barón.

¿Y quiénes eran esos que estaban llegando? De seguro que eran fantasías de su mente enferma. De todos modos, por las dudas, era mejor asegurarse de lo que estaba sucediendo.

—¡Stefanù, asómate y dime si ves gente!

Oyó que la ventana se abría y luego la voz asustada de su sobrino.

—¡Están viniendo a centenares!

Pero ¿quiénes coño eran esos que estaban viniendo? En cualquier caso, dado que el barón no veía fantasmas, sino personas de carne y hueso, bajó a la carrera y le abrió. Don Fofò entró sin aliento, jadeando.

—¡Están viniendo hacia aquí!

—¿Quiénes?

—¡Y yo qué sé! ¡Hombres, mujeres, armados con cayados, azadas y un cura con una cruz a la cabeza! ¡No quiero que me reconozcan!

—Pero ¿qué quieren?

—¡Y yo qué sé! —repitió el barón, cada vez más preocupado.

En aquel preciso momento se oyeron los primeros voceríos:

—¡Muerte a Teresi! ¡Muerte al diablo!

—Deme el revólver y venga conmigo —dijo el abogado, que se había puesto pálido.

Al fondo de la primera entrada había una ventana que Teresi abrió. Entró la luz de la mañana.

—Salga por aquí.

—¡Pero al otro lado está el precipicio!

—No, lo parece, pero en realidad hay un callejón estrecho. Basta con prestar un poco de atención.

Tras cerrar la ventana, pasó al despacho, cogió su revólver y subió al primer piso. Stefano estaba lívido, ya no entendía nada. Su tío le dio el revólver del barón.

—Si intentan derribar la puerta, dispara desde tu ventana. El primer tiro al aire, por favor. Y si no se detienen, haz fuego. Yo voy a mi habitación.

No, no eran centenares. Eran más o menos sesenta, pero suficientes para hacer daño. En aquel momento todos se habían arrodillado y el cura que llevaba la cruz los estaba bendiciendo.

—Oh, mis santos cruzados —oyó que decía—. Vosotros, mis adorados hijos, amantes de la familia, guardianes de las virtudes domésticas...

Aprovechando que todos estaban mirando al cura, Teresi abrió las persianas despacio, lo suficiente para hacer pasar la mano con el revólver.

Luego, de repente, el cura, al que el abogado reconoció como el padre Raccuglia, se volvió, izó al aire la cruz y dijo:

—¡Adelante! ¡Desembaracémonos del demonio!

En un visto y no visto, Teresi comprendió que derribarían la puerta al primer golpe.

—¡Dispara! —gritó a Stefano mientras él hacía lo mismo.

El eco de los dos tiros aún no se había apagado cuando delante de la casa ya no quedaba nadie. O, al menos, no quedaba nadie de pie. Porque un hombre y una mujer yacían en el suelo.

Teresi se quedó helado. ¡Pero si había disparado al aire! ¡Estaba seguro! Corrió a la habitación de su sobrino.

—¡Te había dicho que dispararas al aire!

—¡Y yo disparé al aire!

Volvieron a mirar fuera. El hombre ya se había levantado, la mujer lo estaba haciendo. Habían tenido un desfallecimiento por el miedo, pero ahora se disponían a huir.

Hacia las ocho de la mañana el sargento de los carabineros del cuartel de Palizzolo, Vitangelo Sciabbarrà, en comunicación permanente con el alcalde, juzgó que la situación se estaba agravando.

En efecto, ya se habían producido tres saqueos en tiendas, además de un intento de entrar en el palacio Spartà, rechazado a escopetazos por don Liborio y por su mujer, Vetusta, que era la que mejor disparaba en el pueblo, y una tentativa de asalto del molino de los hermanos Veronica.

Los hermanos también se habían defendido a escopetazos y se había producido un muerto. Es verdad que el muerto era un delincuente ya condenado cinco o seis veces por hurto, pero aun así era un muerto.

Estaba sucediendo que muchos hombres, después de haber acompañado al campo a sus familias, habían vuelto a Palizzolo para aprovechar las circunstancias y robar todo lo robable.

El alcalde, que debería haber tenido a su disposición a seis guardias municipales, aquella mañana no había visto ni uno, seguro que todos habían escapado. ¿Y qué podían hacer los diez carabineros del cuartel? A las ocho y media, el sargento Sciabbarrà telefoneó a la capital, que distaba una veintena de kilómetros, para pedir refuerzos.

Y a las doce y media los refuerzos llegaron: un escuadrón de carabineros a caballo a las órdenes del capitán Eugenio Montagnet, que tomó el mando de las operaciones y proclamó la ley marcial.

A las dos de la tarde, un desgraciado medio tonto que vivía pidiendo limosna y que nadie recordaba ya cómo se llamaba de verdad, dado que todos lo conocían como *el Perro*, fue «pasado por las armas» cuando lo sorprendieron con un kilo de patatas del que no supo explicar la procedencia. Nadie asistió a la ejecución. Doce carabineros lo fusilaron contra el muro del viejo convento. *El Perro* murió riendo, convencido hasta el final de que se trataba de una especie de broma, una de las tantas que los campesinos le gastaban para divertirse.

A las cuatro de la tarde, la calma más absoluta reinaba en Palizzolo.

A las cuatro y media, el capitán tuvo una buena idea: mandar a sus hombres al campo para explicar a los que habían huido que no había ningún peligro por el cólera y que, por tanto, podían volver sin miedo al pueblo.

—No creo que sus militares puedan convencerlos —afirmó el alcalde.

—¿Por qué? —preguntó Montagnet.

—Pues porque son carabineros —respondió el alcalde.

—¿Apostamos? —dijo el capitán.

Y luego, dirigiéndose a un teniente larguirucho que se llamaba Villasevaglios y que estaba siempre a su lado, espetó:

—Tome usted el mando. Y no me haga perder la apuesta.

—Sí, señor —dijo el teniente en posición de firmes.

Y salió de la habitación. El capitán, encendiendo un cigarro, se volvió hacia el alcalde.

—Me han contado que esta mañana hubo un intento de asalto en la casa de un abogado del que he olvidado el nombre...

—Teresi.

—Eso, sí. Parece que el abogado, con un pariente, disparó a los asaltantes. ¿Es así?

—Bah, en cierto sentido...

—Señor alcalde, ¿es así o no?

—Es así. Pero, mire, ese abogado...

—¿Es verdad que a la cabeza de los asaltantes había un cura que blandía una gran cruz?

—Eso me han contado. Pero, mire, desde hace tiempo el abogado...

—¿Sería tan amable de decirme el nombre de ese cura?

¿Cómo hacía para contarle una mentira? ¿Para decirle que él, el alcalde, no conocía el nombre? Aquel capitán era amable y sonriente, pero tenía muy malas pulgas. Quizá, si no respondía, lo «pasaría por las armas» como había hecho con aquel pobre desgraciado del *Perro*. Suspiró largamente.

—El padre Eriberto Raccuglia, párroco de la iglesia matriz.

—Oiga, quisiera evitar al máximo malignidades, suposiciones... ¿Puede convocar a ese cura mañana a las nueve aquí en el ayuntamiento?

—¡¿Yo?! ¿Por qué yo?

—¿No lo entiende? Si lo hago llevar al cuartel de los carabineros, quién sabe la que se armará.

El capitán tenía razón.

—De acuerdo.

—Gracias. ¿Y ahora quiere decirme quién ha

hecho correr el rumor del cólera y por qué lo ha hecho?

El alcalde Calandro notó un sudor frío por la espalda. Si se empezaba a poner de por medio a las personas importantes del pueblo, las consecuencias podían ser muy serias.

—Parece que... que se trató de un gran equívoco.

—¿Usted cree? Entonces, ¿la perturbación del orden público, según usted, no habría sido premeditada?

—Diría que no.

—Y esta sería la segunda parte.

El alcalde estaba atónito.

—Perdone, capitán, ¿la segunda parte de qué?

—De mi pregunta. No ha respondido a la primera parte.

—¿Y cuál era?

—El nombre de quien ha hecho correr el rumor.

—En verdad..., se han dado varios nombres y mientras no tenga la certeza usted comprenderá que...

—Lo hablamos mañana por la mañana —lo interrumpió Montagnet, levantándose—. ¿Me indica dónde vive el abogado Teresi?

Este capitán, pensó el alcalde, con amargura, acabará provocando más estragos que el falso cólera.

Pero el capitán no encontró a nadie en casa de Teresi.

Después de tres horas de acalorada discusión con su sobrino, el abogado había decidido ir al palacio

Lo Mascolo para hablar con el barón. Quería una respuesta a una pregunta concreta: ¿había sido Antonietta quien había dicho que Stefano era su amante o solo había sido una ocurrencia de don Fofò? Y Stefano, que extrañaba a la muchacha, lo había acompañado con el landó.

Pero nunca llegaron a su destino.

Para descender hacia el centro del pueblo y ganar tiempo, en vez de seguir el camino, cogieron una especie de atajo en mitad del campo. Aquí no había ni construcciones ni cultivos y no pasaba casi nadie. Justo en el punto donde el sendero era cortado por un camino de tierra batida que llevaba hacia el pueblo, Stefano se encontró delante un saco grande y grueso que ocupaba buena parte de la calzada. Para no acabar encima de él, tiró de las riendas del caballo.

—¡El saco se mueve! —exclamó Teresi.

En efecto, algo dentro del saco se movía. Bajaron para mirar de cerca. El saco estaba cerrado con varias vueltas de cuerda. Luego oyeron, muy débil, una especie de lamento gatuno.

—Debe de haber un gato —espetó Stefano.

—¿Grande como un tigre? —preguntó dubitativo el abogado.

Luego se decidió. Sacando del bolsillo un cuchillo de cazador, cortó la cuerda y volcó el contenido del saco. Apareció la cabeza de un muchacho rubio, de unos veinte años, con la cara tan golpeada por puñetazos y patadas que los ojos se habían reducido a dos fisuras. Le salía sangre por la nariz y por las orejas. Los labios estaban tan hinchados que parecían una granada partida. Y dejaban entrever en la boca llena de sangre el vacío de tres dientes que le habían hecho saltar. Estaba claro que lo habían cosido también a puntapiés en la cara.

Teresi bajó un poco más el saco. Aparecieron los hombros. No era un aldeano, el traje que llevaba estaba hecho jirones, pero la tela era de buena calidad.

—¿Lo conoces? —preguntó Teresi a su sobrino.

—Me parece que sí.

—¿Y quién es?

—Creo que es el hijo de una prima de la marquesa Cammarata. No es de aquí, aunque viene a menudo a la casa del marqués. Yo lo conocí cuando hubo el baile de...

—Está bien, está bien —cortó el abogado—. Ayúdame a ponerlo otra vez dentro del saco.

—¡¿Cómo?! ¡Es un pariente de los Cammarata! Lo llevamos al palacio, les contamos cómo lo encontramos y...

—... y ellos nos lo agradecen y terminan de matarlo.

Stefano enmudeció.

—Venga, ayúdame —dijo el tío—. Llevémoslo a casa y luego veremos qué hacemos.

—¡Pero al menos saquémoslo!

—No, señor. Si nos encontramos con los carabineros pensarán que es un saco de patatas. Es más, haremos lo siguiente: mientras yo lo llevo a casa, tú ve a llamar al doctor Palumbo.

El abogado Teresi no quería dejar escapar la ocasión. Aquel muchacho era pariente de los Cammarata. El señor marqués debía de conocer el motivo de aquella zurra. ¡El señor marqués! Aquel gran hijo de su madre que primero lo había apoyado en la solicitud como socio y luego la había dejado correr. No, no quería perder la ocasión.

Regresaron al pueblo, hacia las siete de la tarde, los que habían huido primero: los habitantes del callejón Raspa, incluida Giseffa, que aquella misma tarde volvió a casa de los Buttafava.

—¡He ganado la apuesta! ¿Ha visto que los hemos convencido? —espetó triunfal el capitán al alcalde.

En efecto, los carabineros habían usado argumentos muy convincentes: golpes de plano con el sable, latigazos y amenazas de arresto, todas las cosas que forman siempre parte de la sutil dialéctica de las fuerzas del orden.

—Permiso... ¿Molesto? —preguntó el doctor Bellanca asomando la cabeza en la habitación del alcalde.

—No, al contrario, ¡póngase cómodo! —respondió Calandro.

—He venido a contarle las razones por las cuales, en mi opinión, engañaron a don Anselmo.

—Usted se ha dejado caer por aquí muy oportunamente.

—¿Por qué?

—Porque pienso que el capitán Montagnet quiere acusarlo de perturbación del orden público.

Bellanca dejó escapar una blasfemia.

—¡Este fastidio de capitán no nos hacía ninguna falta! —dijo después.

—Estoy de acuerdo —repuso el alcalde—. Y, entonces, me quiere decir...

—¿Podemos cerrar la puerta?

—¿Es algo delicado?

—Mucho.

—Voy yo.

Antes de cerrar con llave la puerta, Calandro se dirigió al ujier, que había vuelto de la huida hacía casi una hora junto con dos guardias municipales:

—Pippinè, no estoy para nadie.

—¿Ni siquiera para el capitán?

—Sobre todo para él.

Volvió a sentarse en el sillón detrás del escritorio y esperó a que el otro se decidiera a abrir la boca.

—Quiero dejar bien claro que estoy hablando con el alcalde en calidad de médico forense.

—¿Qué quiere decir?

—Quiero decir que yo, como simple médico, nunca le habría dicho lo que estoy a punto de decirle. Pero en calidad de médico forense y, por tanto, con una responsabilidad oficial, y teniendo en cuenta lo que ha ocurrido hoy en el pueblo, me veo obligado a hablar.

—¡Hable, por Dios!

—Hace tres días —empezó el doctor—, me llamaron de urgencia a la casa del barón Lo Mascolo porque su hija Antonietta se encontraba mal.

—¿Antonietta? ¡Si es el vivo retrato de la salud! ¿Y de qué sufría?

—Quizá de demasiada salud.

—No entiendo.

—Está embarazada.

—¡¿Embarazada?!

—De dos meses.

—¡¿De dos meses?!

—Antonietta.

—¿¡Antonietta?!

—Oiga, me está poniendo nervioso. ¡Deje de repetir lo que digo!

—¿Y se sabe quién es el padre?

—Antonietta no quiso revelarlo. No le digo lo que ocurrió cuando tuve que decirles al barón y a su mujer que su hija... Mareos, desvanecimientos, el barón que parecía que se había vuelto loco y rompía sillas, jarrones, todo lo que le caía a mano... Al día siguiente, que era domingo, tuve que volver para dar calmantes al barón y estimulantes a la baronesa. Pero, al salir, me encontré a don Anselmo. Y aquí comenzó el lío.

—¿Por qué?

—Porque yo no podía decirle a don Anselmo la verdadera razón por la que estaba allí. De modo que le respondí con medias palabras y él pensó en una enfermedad contagiosa.

—Sí, ¡pero de una enfermedad contagiosa al cólera hay un trecho!

—Espere, que no he terminado. Inmediatamente después de haber estado en casa del barón, tuve que volver al palacio Cammarata.

—¿Volver? ¿Significa que había estado antes?

—Sí, señor.

—¿Cuándo?

—El día anterior.

—¿Por qué?

—La hija mayor, Paolina, se encontraba mal.

Por la cara del doctor, el alcalde lo comprendió todo. Era extraño. Se quedó un momento con la boca abierta y luego preguntó:

—¿Embarazada?

—Embarazada.

—¿Ella también?

—Ella también.

—¡Joder y más que joder!

—Estoy de acuerdo —replicó el doctor.

—¿Y desde cuándo?

—De dos meses. Igual que Antonietta.

—¿Y tampoco Paolina quiso decir quién es el padre?

—Ni palabra.

—¡Vaya con estas muchachas! Todas casa e iglesia y, después, dale que te pego.

—Y, por desgracia —continuó el doctor—, mientras estaba golpeando el portón del palacio Cammarata, don Anselmo me vio y me preguntó si había alguien enfermo. Yo le dije que sí y él entonces debió de pensar que era el cólera.

—¿Y ahora qué le contamos a ese rompepelotas del capitán? —preguntó el alcalde—. ¡Si se llega a saber la verdad, se montará un follón que ni las Vísperas sicilianas!

—Tengo una idea. Estoy dispuesto, por el bien del pueblo, y también porque me considero en parte responsable del equívoco, a mentir.

—¿Es decir...?

—Que tanto la familia Lo Mascolo como la familia Cammarata han sido atacadas por una forma grave de gripe. Y por eso don Anselmo se equivocó.

—Un momento. Pero ¿el marqués Cammarata no estaba en el círculo el domingo por la mañana?

—Había ido, pobrecillo, para salvar las apariencias. Diré que el domingo por la mañana ya estaba enfermo, pero que se había obstinado en salir y por la tarde se encontraba peor. Como usted bien puede comprender, ni los Lo Mascolo ni los Cammarata tienen interés en desmentir esta versión.

—Muy bien —concedió Calandro esperando que Bellanca se levantara.

Pero el médico siguió sentado.

—¿Algo más? —preguntó el alcalde, que comenzaba a sentirse cansado de aquella jornada infame.

—Sí, pero no sé si corresponde.

—¿A qué?

—A mi función pública.

—Si piensa que debe hablarme, hábleme; si no...

—En el fondo, también esta podría considerarse una forma de epidemia —murmuró el doctor, como hablando consigo mismo.

—¡Eh, no! —saltó Calandro—, si usted piensa que hay una epidemia, su deber es informarme.

—¿Usted conoce a la viuda Cannata?

—¿Cómo no? ¡Una mujer muy guapa! Persona seria y devota. Viuda desde hace tres años, pobrecilla.

—Ella también.

—Perdone, también... ¿qué?

El doctor hizo con la mano un gesto como de panza gorda.

—¡¿Está embarazada?! —se sorprendió el alcalde—. ¡No puedo creerlo!

—Créalo.

—¡No me diga que está de dos meses!

—¡En cambio, se lo digo! Y no he terminado.

—¡¿No?!

—No. ¿Usted conoce a Totina, la hija de 'Ngilino, el aparcero de don Anselmo?

—¿Ella también?

—Sí, señor, de dos meses. Y tampoco ella, como la viuda Cannata, quiso decir el nombre del padre.

—Entonces, en total, ¿las mujeres preñadas serían cuatro?

—Que yo sepa, sí. Pero quizá mi colega Palumbo podría dar otros nombres. Aunque él no está obligado a hacerlo.

El alcalde se quedó un momento pensativo. Luego habló.

—No pienso que se pueda definir como una epidemia. Y, además, si por casualidad lo fuese, ¿cómo haríamos para evitar el contagio? ¿Deberíamos mandar al pregonero municipal para advertir a las mujeres que se mantuvieran alejadas de las pollas? ¿Separar a todos los varones de las mujeres? No me parece oportuno.

—Tampoco a mí. También porque nunca se ha oído hablar de una epidemia de natalidad —dijo el doctor.

A las once de la noche, algunos carabineros del capitán Montagnet empezaron a patrullar las calles, proclamando que el toque de queda comenzaba a medianoche y que por eso si encontraban a alguien caminando después de la medianoche sin permiso sería «pasado por las armas...».

«Este capitán es un maníaco», pensó el alcalde, que oyó el bando mientras estaba volviendo a casa.

... Y que, además, se prohibían todas las reuniones hasta nueva orden.

Esto venía a significar, en pocas palabras, que no habría misas, clases en las escuelas, mercado en la plaza y que tampoco el círculo podría abrir.

Porque Dios lo quiso, a medianoche terminó la que pasó a la historia de Palizzolo como la jornada del cólera de don Anselmo.

El alcalde se acostó al lado de su mujer, Filippa, que era sorda, sí, pero joven y guapa. Pero no se tumbó, se quedó a medias, con la espalda apoyada en los cojines, y se puso a contar con los dedos cuánto personal del ayuntamiento estaba aún ausente.

—¿Qué estás contando? —espetó Filippa—. ¿Cuándo fue la última vez que hicimos el amor? No hace falta que cuentes. Te lo digo yo. La última vez fue hace justo dos meses.

Y suspiró. El alcalde tuvo un mal pensamiento.

—¡No me digas que tú también estás embarazada!

—¿Cómo yo también? ¿Qué quieres decir?

—Nada. ¿Lo estás o no lo estás?

—¡No, por supuesto! ¿Qué te pasa?

El alcalde no le respondió. Se tumbó y cinco minutos después roncaba. La señora Filippa se quedó largo rato suspirando, desconsolada.

# Capítulo V
## Las consecuencias del cólera y otras historias

El doctor Enrico Palumbo era, en cierto sentido, el médico de los pobres, del mismo modo que el abogado Teresi era su defensor. La diferencia entre los dos era que el médico no lo hacía por una idea política, sino porque así se lo dictaba el corazón.

A menudo, después de haber visitado a algún niño enfermo en una familia de muertos de hambre, dejaba a la madre el dinero necesario para comprar las medicinas o para calentar un plato de pasta. Odiaba a los curas quizá más que Teresi; al único al que respetaba en el pueblo era al padre Dalli Cardillo.

Sabía guardar un secreto: si se enteraba de algo, no se lo contaba nunca a nadie.

Al amanecer del día siguiente al jaleo del falso cólera fue a golpear a la puerta de Teresi. Le abrió el abogado.

—¿Cómo ha pasado la noche? —preguntó de inmediato.

—Deliraba.

—¿La fiebre?

—Cuarenta.

—Vamos a verlo.

Y mientras subía la escalera:

—¿Tu sobrino?

Desde hacía algunos años habían empezado a tutearse.

—Se ha ido a dormir. Nos hemos estado turnando.

Habían acomodado al muchacho en un cuartito en el que apenas cabían una cama de una plaza, una silla y una mesita de noche.

—¿Quieres un café?

—Sí, gracias.

Fue a la cocina, le preparó el café y se lo llevó. El doctor bebió un primer sorbo.

—¿Qué te parece?

—¿El café?

—No, el muchacho.

—Aún no le he reconocido bien. Pero lo esencial es que ha pasado la noche.

Devolvió la taza al abogado.

—Te espero en el despacho —informó Teresi—. Si me necesitas, llámame.

Se sentó a pensar en aquello que había oído salir de la boca del muchacho mientras deliraba. No es que se entendiera bien lo que decía, eran palabras entrecortadas dichas por una boca con los labios hinchados como sandías, a la que le faltaban tres dientes.

*... no... no... po aridad... basta... no... no...*

Bastante se le entendía dadas las circunstancias.

*... on flefo... po aridad... on flefo...*

Y había dicho otras cosas que Teresi no había entendido. *Flefo. Flefo.*

Pongamos que era *non flefo*. ¿Qué significaba? Nada. ¿Existía el verbo *flefer*? Yo flefo, tú flefas, él flefa. No significaba nada. ¿Y si en vez de ene era efe? *Fon flefo*. O podía ser una ese. *Son flefo*. Un momento, porque podía tener un sentido: soy feroz. No funcionaba. Si era feroz, ¿por qué decía por caridad? Uno que es feroz no solicita piedad.

—¿Y si era *don Flefo*?

Entró el doctor.

—¿Tú conoces a alguien llamado don Flefo?

—No. Qué nombre tan extraño. Oye, ¿tú sabes poner inyecciones?

—Sí.

—Entonces, ponle esta cada cuatro horas. Te dejo jeringa y medicina. No quiero venir aquí demasiado seguido para no llamar la atención.

—¿Cómo lo has encontrado?

—Mejor. Es un muchacho sano y fuerte. Seguro que se recuperará. La otra inyección vuelvo yo a aplicársela esta noche hacia las nueve.

Una vez que el doctor se hubo marchado, volvió a pensar en las palabras del muchacho.

Dejemos de lado por ahora este Flefo. ¿Luego qué decía?

*... no... no... io ariddru... io ariddru... no... no... cente... no... no... cente... cente no...*

El abogado se detuvo aquí, olvidando las otras cosas que había oído. Cogió papel y lápiz. Mejor proceder con orden. A costa de perder toda la jornada, sacaría algo en claro. ¡Y estaba seguro de que sería algo que le permitiría joder a don Filadelfo Cammarata, el marqués!

Un momento, Mattè, se dijo.

Don Filadelfo. *Don Flefo.* Quizá sí, *don Flefo* podía ser don Filadelfo.

A las ocho de la mañana, cuando el alcalde subió a su despacho en el ayuntamiento, el ujier le advirtió:

—El capitán está por aquí.

¡Uf, qué grano en el culo! Con un cierto esfuerzo, consiguió sonreír al entrar.

—¡Egregio capitán!

—Buenos días —espetó el otro, seco.

Estaba sentado en el sillón, delante del escritorio. El alcalde tomó también asiento.

—¿Una noche tranquila? —preguntó.

—Tranquilísima —respondió Montagnet.

Y luego:

—¿Ha convocado al padre Raccuglia?

—Lo hago de inmediato.

—Ya no es necesario.

Calandro se sintió un poco más aliviado. Cuantos menos curas se metieran en medio, mejor para todos.

—Menos ma...

Pero el otro prosiguió.

—He cambiado de opinión. He ido a verlo en la iglesia.

—¡¿Cuándo?!

—Esta mañana a las seis. He esperado a que acabara de decir la primera misa. Era una misa en agradecimiento al Señor por habernos librado del cólera, y la iglesia estaba repleta.

¡Y muchas gracias, capitán cabeza de chorlito! ¡Tanto daba si iba con la banda despertando a todo el pueblo! ¡Primero dice que no quiere suposiciones, malignidades y cosas semejantes, y luego se presenta uniformado delante de todos los parroquianos del padre Raccuglia!

—¿Ha hablado con él?

—Claro. En la sacristía.

—¿Y qué le ha dicho?

—Que lo he denunciado al Tribunal de Camporeale por incitación al desorden público y sedición.

¡Y menos mal que no lo había hecho «pasar por las armas»! Pero ¿este capitán veía las cosas al revés?

—Mire, capitán, que las cosas no son precisamente así.

—¿Ah, no? ¿Y cómo son? —preguntó Montagnet con una sonrisita.

¿Ahora quería hacerse el gracioso?

—¡Si en el pueblo alguien incita a la sedición es el abogado Teresi! ¡Usted no tiene ni idea de lo que dice y escribe!

—Se equivoca. Su semanario llega a Camporeale y yo lo leo. Como obligación del cargo, se entiende.

—¡Y entonces sabe a la perfección que es Teresi quien está incitando a la subversión!

—Permítame disentir. En este caso específico, no fue el abogado quien encabezó la sedición, sino el cura.

—¡Entienda al padre Raccuglia! Teresi tiene ideas que...

—... que, en cualquier caso, no autorizan al padre Raccuglia a poner a la población en su contra.

—¡Pero se ha atrevido a disparar contra el crucifijo!

—Ha disparado en legítima defensa. Si procedo contra él, debo proceder también contra don Liborio Spartà y su mujer y contra los hermanos Veronica. ¿Usted qué piensa?

¡Astuto, el señor capitán! El alcalde sopesó los pros y contras.

—Que ha hecho bien.

—Gracias. Y en cuanto al hecho de que haya disparado al crucifijo, le aconsejo que no insista con esta versión. En primer lugar, porque el abogado disparó al aire. Y, en segundo lugar, porque, aunque hubiera apuntado sobre la multitud, se trataba de un cura que se servía del crucifijo para derribar su puerta.

El alcalde no replicó. Y el capitán continuó, implacable.

—¿Y ahora podemos hablar de quién ha hecho correr el rumor del cólera?

Calandro, después de la charla con el doctor Bellanca, había pensado largamente en ello.

—Sí —dijo—. He realizado algunas investigaciones y ha surgido el nombre de una persona estimadísima, reputada por todos como de extrema seriedad y ponderación. Y, además...

—¿Está hablando de don Anselmo Buttafava? —lo interrumpió el capitán.

Calandro estaba atónito.

—¿Có... cómo lo ha sabido?

—Somos carabineros, querido. He mandado esta mañana a las cinco a dos de mis hombres a detenerlo.

—Pero ¿usted sabe adónde ha ido?

—Claro. Me consta que el señor Buttafava tiene un feudo llamado San Giusippuzzo. Y administra otro, la Forcaiola, por cuenta de un primo suyo que actualmente está en la cárcel. O está en San Giusippuzzo, o está en la Forcaiola, no se escapa. Creo que como máximo estarán aquí a las once.

¿Don Anselmo detenido por los carabineros? Pero ¿este capullo quería que estallara de verdad la revolución?

—Espo... ¿Esposado?

—No. No hay motivo. Esté tranquilo, lo trataremos con toda consideración. Con los dos carabineros he enviado también al teniente Villasevaglios.

—A propósito de consideración...

—Dígame.

—El médico forense, el doctor Bellanca, ayer por la tarde me dijo que puede explicar cómo don Anselmo cayó en el equívoco. ¿Le hago venir?

—Por supuesto —contestó el capitán, levantándose—. Y ahora, permítame, debo dejarlo. Tengo algunas cositas que resolver. Voy a telefonear a su excelencia el señor prefecto para tranquilizarlo. Y, ya que estoy, telefonearé también a su excelencia el obispo.

¿Estaba loco? ¿El obispo? ¿Iba a tocarle las pelotas también al obispo? ¿Por qué? Pero ¿no hubiera sido mejor que llegara de verdad el cólera antes que este capitán del carajo?

—Perdone, ¿por qué al obispo?

—¿Sabe?, no sería mi deber, pero estimo un gesto de cortesía advertirle de que he denunciado a uno de sus curas. Nos vemos aquí a las once.

«Que te rompas el hueso del codo», le deseó mentalmente el alcalde.

Su excelencia reverendísima monseñor Egilberto Martire colgó el auricular del teléfono y cogió una carpeta que tenía sobre la mesa. La abrió, la hojeó, sacó un folio y después tocó la campanilla que tenía al alcance de la mano.

—A sus órdenes, excelencia —acudió su secretario, el padre Marcantonio Panza.

—Padre Marcantonio, en este folio están los nombres de las ocho iglesias de Palizzolo. Yo aún no he ido para la visita pastoral y no los conozco. Los quiero a todos aquí, en el obispado, a las cuatro de la tarde. No admito ausencias.

—Sí, señor.

Estar con su excelencia Egilberto Martire era peor que estar en un cuartel. Mirándolo, parecía más un sargento mayor que un obispo. Gordo, de baja estatura, tenía una cara roja que se volvía violeta apenas se ponía nervioso. Desde que había llegado a Camporeale, seis meses atrás, había instaurado una férrea disciplina militar. Y lo bueno era que, siendo romano, cada tanto se ponía a decir obscenidades.

—¡Gilipollas! —lo oyó decir, en efecto, el padre Marcantonio mientras salía de la habitación.

Don Anselmo Buttafava no llegó a las once, por la simple razón de que antes de llegar a la Forcaiola los dos carabineros y el teniente Villasevaglios tuvieron un contratiempo. Y, por tanto, don Anselmo no supo que debía presentarse ante el capitán Montagnet para defenderse del cargo de perturbación del orden público. Justo en la bifurcación entre el sendero que llevaba a la Forcaiola y el que llevaba al distrito de Galluzzo, había un olivo gigante. En medio de sus ramas montaba guardia un salteador de la banda de Salamone, llamado Savaturi *la Oveja* por la gran cantidad de pelo que tenía en todo el cuerpo. Al ver llegar a los tres militares, silbó a la manera de los pastores.

El bandolero Salamone, que la noche anterior había atrapado a tres mujeres que se habían escapado de Palizzolo, estaba disfrutando de ellas en una gruta delante de la cual estaban apostados dos bandoleros de confianza, Arelio *la Liebre* y Pancrazio *la Serpiente*.

El resto de la banda ya se había desplazado hacia el bosque de Arbanazzo, que estaba a algunos kilómetros de distancia.

Al oír el silbido, Arelio y Pancrazio corrieron hacia el olivo. En cuanto los carabineros estuvieron a tiro, comenzaron a disparar. Los tres militares desmontaron del caballo y, escondidos detrás de un árbol, respondieron al fuego. Después de cinco minutos de tira que te tira, el teniente hizo señas a los dos carabineros y, arrastrándose por la hierba, llegó cerca del olivo desde el que disparaba Savaturi *la Oveja*, le apuntó con calma y lo abatió al primer tiro.

El cadáver de Savaturi se precipitó justo en la cabeza de Pancrazio, que instintivamente se levantó para volver a caer un segundo después muerto por una bala del teniente, que en cuanto a disparar no tenía igual. Asustado, Arelio se puso a correr hacia la gruta dando voces. Los carabineros fueron tras él. Y ocurrieron dos hechos al mismo tiempo: mientras Arelio caía herido de muerte delante de la gruta, de esta salía desnudo el bandolero Salamone, al que la repetida práctica con las tres mujeres había atontado un poco. Apenas vio a los carabineros, comprendió que estaba perdido y levantó los brazos. Detrás de él, llorando, salieron las tres mujeres, desnudas también, y se echaron en brazos de los carabineros, diciendo que eran enviados de Dios para liberarlas de las barbaridades del bandolero. Una vez que las mujeres estuvieron vestidas, el teniente las dejó libres de marcharse. Así pudieron contar que Salamone las había tratado como reinas y respetado como vírgenes.

Por eso, al teniente Villasevaglios no le quedó más remedio que volver a Palizzolo llevando consigo al bandolero Salamone, a quien habían obligado a ponerse unos calzoncillos para no ofender el sentido del pudor y a quien habían atado con una cuerda de tal manera que parecía un salami caminando detrás de un caballo.

Menos de una hora después de haber llegado a Palizzolo, «pasaron por las armas» al bandolero Salamone por orden del capitán Montagnet. Los cadáveres de los otros tres bandoleros oscilaban colgados de los árboles cercanos.

Esta vez, en el fusilamiento delante del muro del viejo convento había mucha gente.

El reloj estaba dando las doce campanadas de mediodía cuando Stefano se despertó. ¡Virgen santa! ¡Se había dormido y no había dado el relevo a su tío!

Se vistió a la carrera y entró en el cuartito del muchacho. Su tío no estaba, pero el herido dormía y no parecía agitado. Le posó una mano sobre la frente: la fiebre debía de haber disminuido un poco.

Bajó la escalera, fue al despacho. Teresi dormía, con la boca abierta y la cabeza apoyada en el respaldo del sillón. Sobre el escritorio había una gran cantidad de hojas escritas. Se volvió para salir y permitir que su tío siguiera durmiendo, cuando este abrió los ojos y lo llamó.

—¡Stefano, ven aquí!

Tenía un tono de voz alegre.

—Siéntate.

Y le tendió una hoja de papel. Stefano leyó.

*... no... no... po aridad... basta... no... no... on flefo... po aridad... on flefo... no... no... io mineddru... no... soy ino... no... cente... soy ino... ay... ay... cho... nada... olina... ay... no... no... nada... no... olina...*

—¿Y bien? Son las palabras que el muchacho decía esta noche puestas en fila. Pero no se entienden.

El abogado soltó una risita.

—¿Usted ha conseguido descifrarlas?

—Pienso que sí —espetó el tío.

Y le tendió otra hoja de papel.

*... no... no... por caridad... basta... no... no... don Fi-*

*ladelfo... por caridad... don Filadelfo... no... no... tío Carmineddru... no... soy inocente... inocente... inocente... ay... ay... hecho nada a Paolina... ay... no... no... yo nada a Paolina...*

Stefano palideció. El abogado se dio un gran manotazo en la frente.

—¡La inyección!

Cogió medicina y jeringa, y se precipitó hacia la escalera.

—Con la excepción de aquel de allí..., ¿cómo se llama? —preguntó el obispo Egilberto Martire al más anciano de los ocho curas alineados de pie delante de él.

—Mariano Dalli Cardillo, excelencia.

—¿Cuántos años tiene?

—Setenta.

—Y ahora, de derecha a izquierda, nombre y apellido de los otros.

—Alessio Terranova, cuarenta y tres años.

—Eriberto Raccuglia, cuarenta años.

—Filiberto Cusa, treinta y nueve años.

—Alighiero Scurria, cuarenta y un años.

—Libertino Samonà, cuarenta y cinco años.

—Angelo Marrafà, cuarenta años.

—Ernesto Pintacuda, treinta y nueve años.

—Por tanto, con la excepción del padre Dalli Cardillo, los otros siete son jóvenes. Demasiado jóvenes para entender plenamente las responsabilidades, no solo religiosas, que pesan sobre los hombros de un párroco. Este ha sido un grave error de mi predecesor. Debería haber actuado de modo que esto no ocurriera. Trataré de ponerle remedio lo antes posible. Pero vamos al grano. Esta mañana he sabido por el capitán de los carabineros Montagnet, mandado a Palizzolo por esa locura del cólera, que usted, padre Raccuglia, ha sido tan idiota como para hacerse denunciar por actos sediciosos. ¡Vamos bien, un cura sedicioso!

—Quisiera explicarle, excelencia... —empezó el padre Raccuglia.

—Usted no me explica nada, ¿entendido?

—Pero...

—¡Cierre el pico, he dicho! ¡Aquí se habla cuando lo digo yo! ¡Y no solo eso! El señor capitán también me ha referido que, en todas las iglesias, con la excepción de la del padre Dalli Cardillo, ¡han incitado desde el púlpito a los fieles contra el abogado Teresi! ¡Han incitado a los fieles al odio! ¡Eh!, ¿dónde están? ¡Están en la iglesia, carajo! ¡En la iglesia se predica el amor, en la iglesia solo debe difundirse amor! ¡Eh!, ¿se han olvidado de lo que dijo Jesús? ¡Ama a tu prójimo como a ti mismo! ¡Eso dijo Jesús! Dice: ¡pero el abogado Teresi quiere destruir a la familia! ¿Y qué? Y ustedes, en vez de predicar el amor por la familia y el valor del matrimonio, ¿sienten cómo les hierve la sangre, dado que son jóvenes, y se ponen a predicar el odio contra el abogado? ¡Joder! Combatan al abogado con nuestras armas, ¡no con las de él! ¡Cojan un domingo cualquiera en que haga sol y lo proclaman el día de la familia! Pidan a todas las parejas casadas con sus hijos que acudan a la iglesia. Luego, ¡organicen una gran comida en el sagrado! ¡Con cantos y coros! Y todos con las bocas risueñas, diciendo: ¡qué bella es la familia! ¡Qué bueno es el sacramento del matrimonio! ¡Y venga a comer y a beber en la cara del abogado Teresi! ¿Nos hemos entendido?

—No hay otra explicación, Stefanù, créeme.

—¡Pero no es posible, tío! Según usted, ¿también Paolina, la hija mayor del marqués Cammarata, estaría embarazada como Antonietta?

—Sí, señor.

—Y don Filadelfo, pensando que el amante de la hija era ese pariente de su mujer, sabiendo que el muchacho estaba yendo a visitarlo, ¿llamó al tío Carmineddru e hizo moler a palos a nuestro huésped?

—Sí, señor.

—No me lo puedo creer.

—¿Tienes otra explicación?

—En resumen, sería lo mismo que me ha ocurrido también a mí, solo que el barón me quería pegar un tiro.

—Así es.

—¿Y ahora qué hacemos?

—De momento, nada. Si el muchacho, esperemos que se recupere pronto, confirma lo que pienso, ¡entonces yo me ocuparé del señor marqués!

Una de las tres mujeres de las que el bandolero Salamone había abusado en la gruta era una guapa muchacha de carnes firmes que tenía veinticinco años y se llamaba Rosalía Pampina. Hija de aldeanos, se había quedado huérfana y trabajaba como criada en casa del notario Giallonardo. Dado que el notario era parroquiano del padre Filiberto Cusa, también la criada había obtenido el privilegio de ir a la misma iglesia que su amo, la de San Cono.

Por la tarde del mismo día en que los carabineros la habían liberado, volvió a trabajar a casa del notario. Pero no le dijo nada de lo que le había hecho el bandolero, le contó que se había escapado al campo por el miedo al cólera. Al anochecer pidió permiso a la señora Romilda Giallonardo para ir a la iglesia para agradecer al Señor que los hubiera librado del cólera. Rosalía era una muchacha, más que devota, beata, tanto que a menudo la señora Romilda le decía que debería haberse hecho monja.

Recitaba todas las cuentas del rosario por la mañana cuando se despertaba y por la noche cuando se acostaba, no se perdía nunca la primera misa y a menudo el padre Cusa, que había notado su gran fe religiosa, la entretenía en la sacristía para explicarle el catecismo. Por eso, la señora Romilda no dudó en darle su permiso.

—Quiero confesarme —requirió Rosalía, deteniendo al padre Filiberto, cuando estaba cerrando el portón de la iglesia.

—Ahora es tarde. Vuelve mañana por la mañana.

—No. Usted me tiene que confesar ahora mismo.

El padre la miró y vio que lloraba.

—Está bien —concedió encaminándose hacia el confesionario.

Se sentó dentro, se persignó, se puso el paramento, rezó, abrió la puertecilla de la reja.

—¿Qué te sucedió, hija mía?

—Perdí la virginidad.

Y estalló a llorar, menos mal que en la iglesia no había nadie.

—¿Cómo? ¿Primero te diviertes y luego vienes aquí a llorar, desgraciada? —se indignó el cura.

—¡No me divertí, no! ¡Fue el bandolero Salamone!

Y comenzó a contarle lo que le había ocurrido. El cura, como era su deber, cada tanto la interrumpía para tener más detalles: «¡¿Dos veces por delante y dos veces por atrás?! ¡Horror! ¡Horror!». «¿Te hizo mucho daño?» «¿Y a ti te gustaba mientras...?»

Al final, Rosalía se puso a dar voces:

—¡Estoy condenada! ¡Condenada para la eternidad! ¡A pesar de que usted me hizo beber el agua bendita que tenía que protegerme, lo mismo me condené!

—No, Rosalía, no digas eso. El agua bendita que brotaba de mi cuerpo servía para protegerte de ti misma, de las tentaciones que pudieras tener. ¡Pero esto es distinto! Te han obligado. No lo has hecho por tu espontánea voluntad. ¡Tú no tienes la culpa!

—¿Lo dice de verdad?

—De verdad. Tu alma está a salvo, pero tu cuerpo está gravemente contaminado, enlodado. Es preciso que vuelva a ser puro y limpio.

—¿Y cómo voy a lograrlo, padre?

—Con las penitencias que te mandaré hacer, Rosalì.

# Capítulo VI
## Las cosas se complican

Cuatro días después de la famosa jornada del cólera, a las ocho de la mañana, don Anselmo Buttafava y su mujer salieron con su carroza de la Forcaiola para regresar a Palizzolo. El teniente Villasevaglios, que los escoltaba con dos carabineros a caballo, había persuadido a don Anselmo de que el cólera no suponía ningún peligro. También le dijo que el capitán Montagnet quería hablar con urgencia con él, pero, por más que don Anselmo le preguntaba, no le explicó la razón.

Dado que para ir a Palizzolo debían pasar a la fuerza por San Giusippuzzo, don Anselmo obtuvo del teniente el permiso para detenerse un momento en su villa y recuperar un par de gafas que se había olvidado la noche de la huida a la Forcaiola. Cuando entró en el patio, vio que la casa del aparcero 'Ngilino tenía la puerta y las ventanas cerradas. Sin duda, el aparcero estaría por el feudo, pero ¿era posible que Catarina y Totina aún estuvieran enfermas? Entró, recuperó las gafas y, cuando estaba a punto de subir a la carroza, vio un hilo de humo saliendo de la chimenea de la casa del aparcero. ¡Dentro había alguien!

—Solo un momento —le dijo al teniente.

Y fue a golpear a la puerta del aparcero. Catarina, que lo estaba mirando desde atrás de las persianas, permanecía callada, inmóvil.

—Debes abrir —le indicó Totina, que estaba a su lado.

—¿Por qué?

—Porque están los carabineros.

Catarina bajó y abrió la puerta.

—Buenos días, excelencia.

—Buenos días, Catarì. ¿Por qué no querías abrirme?

—Tengo la gripe, me tenía que levantar de la cama.

—¿Y Totina?

—También está acostada.

—La voy a consolar —repuso don Anselmo, poniéndose el pañuelo sobre la nariz para evitar el contagio y amagando para entrar.

Pero Catarina lo detuvo.

—No, señor, ¡usted no sube!

Don Anselmo se ofuscó. ¿Qué se creía esta apestosa aldeana? Le dio un empujón y subió. Totina estaba de pie cerca de la ventana de su habitación.

Hay mujeres que hasta los ocho meses de embarazo uno ni siquiera se da cuenta de su estado y otras, en cambio, que a los dos meses tienen una barriga que parece que van a ponerse a parir en cualquier momento. Totina pertenecía a esta segunda categoría.

Don Anselmo, que había entrado a la carrera, se detuvo, paralizado. A sus espaldas, oyó el llanto de

Catarina. Luego don Anselmo avanzó dos pasos y le dio una gran bofetada en la cara a la muchacha. La cual no se movió, no levantó el brazo para protegerse, permaneció quieta, mirándolo.

—¿Quién fue?

Ella no respondió.

—¿Quién fue? —volvió a preguntar, levantando de nuevo la mano.

—Fue el Espíritu Santo.

¡La muy suelta quería tomarle el pelo! Don Anselmo, a duras penas, se contuvo de correrla a patadas en la barriga.

—¡Buscona!

Y luego, a Catarina:

—¡Mañana por la mañana quiero ver a 'Ngilino!

Se dio la vuelta, bajó la escalera y montó en la carroza.

—¿Dónde estoy?

Estas fueron las primeras palabras que el muchacho dijo al abrir los ojos y ver sentado en la silla, al lado de su cama, a alguien que le sonaba de algo.

—En casa de amigos.

—¿Desde cuándo estoy enfermo?

¿Enfermo? Quizá no recordaba lo que le había ocurrido.

—Un momento —dijo Stefano. Y luego espetó con voz aguda—: ¡Tío, suba! ¡El muchacho se ha despertado!

El abogado Teresi saltó los escalones de dos en dos.

—¿Desde cuándo estoy enfermo? —volvió a preguntar el muchacho al recién llegado.

—Desde hace algunos días —respondió vagamente Teresi.

—¿Y han avisado a mi madre?

—Hijo mío —replicó el abogado—, te hemos encontrado en el camino. —Pensó que era mejor ahorrarle el asunto del saco. Y continuó—: En tus bolsillos no hallamos ni papeles ni dinero. Por eso no podíamos avisar a tu madre.

—Me llamo Luigino Chiarapane, vivo en Salsetto, en el edificio de al lado del ayuntamiento.

—Me ocuparé de inmediato —repuso el abogado.

—¿Qué me ha ocurrido?

—Bah —exclamó Teresi—. No te esfuerces en recordar. Has hablado bastante. Ahora sigue durmiendo.

Le cerraron la ventana y bajaron al despacho.

—Ahora cojo el caballo. En una hora voy y vuelvo —dijo Stefano.

—¿Adónde vas?

—A Salsetto, ¿no?

—¿Para qué?

—¿Cómo, para qué? Para avisar a la madre...

—Tú no avisas a nadie.

—Pero, tío, ¡esa desdichada estará preocupada!

—Stefanù, ¡hasta que el muchacho se acuerde de todo, nadie debe saber que está aquí! ¡Esta historia huele a quemado! ¡Huele mucho! ¡Y semejante carta contra el señor marqués no me la quiero perder!

—¿Puedo por fin saber cuál es el motivo de que me hayan hecho venir? —empezó de inmediato don Anselmo, que se subía por las paredes desde el momento en que había visto a Totina embarazada.

Estaban en el ayuntamiento, en el despacho de Calandro. El capitán había ocupado su sillón y lo había puesto al lado del sillón del alcalde. Por eso, don Anselmo estaba sentado del otro lado del escritorio.

—Se lo digo de inmediato —espetó Montagnet—. Todas las personas a las que he interrogado han dado su nombre como el de quien difundió en primer lugar la falsa noticia de la llegada del cólera. Es mi deber verificar si lo hizo intencionadamente o si se trató de un malentendido. Eso es todo.

—Yo solo se lo dije a mi mujer. Y en privado, dentro de nuestra casa. ¡Como ve, no difundí un carajo!

El alcalde se removió en la silla. Desde muy temprano por la mañana había visto que la jornada se presentaba cargada de nubes de temporal.

—Le ruego que modere el lenguaje —pidió el capitán, con frialdad.

—¿Me permite decirle cómo han ido las cosas, así terminamos y usted deja de hacerme perder el tiempo? —replicó don Anselmo.

—¿Usted piensa que está perdiendo el tiempo? —preguntó Montagnet.

—No es que lo piense, lo estoy perdiendo.

Sin decir nada, el capitán se levantó y se encaminó hacia la puerta.

—¿Adónde va? —preguntó alarmado el alcalde.

Aquel era capaz de hacer «pasar por las armas» también a don Anselmo.

—Llamo al teniente y se lo hago traducir.

—¿Qué tiene que traducirme a mí? —repuso don Anselmo, poniéndose de pie—. ¿Qué coño me va a traducir? ¿Del griego? ¿Del francés?

El alcalde corrió hacia del capitán, casi se le arrodilló delante.

—¡Por caridad, no lo haga! ¡Me comprometo personalmente, como alcalde, en garantía del aquí presente don Anselmo! Y usted, don Anselmo, ¿nos quiere llevar a la ruina a todos?

—Pido excusas —se disculpó don Anselmo.

Volvieron a sentarse.

—Cuénteme su versión —requirió Montagnet—. Y le advierto: si lo que me dice no me convence, ¡lo arresto por perturbación voluntaria del orden público!

Don Anselmo se puso rojo y abrió la boca para replicar, pero una poderosa patada del alcalde, que le llegó por debajo del escritorio, lo convenció para que se comportara.

—Adelante, hable —lo instó el capitán.

Don Anselmo, antes de ir al ayuntamiento, había pasado por su casa para cambiarse de ropa y había conocido la historia gracias a la criada Giseffa. Le contó cómo, persuadido de que había un brote de cólera, se lo había dicho a su mujer, su mujer se lo había revelado a la vieja criada, Suntina, y esta se lo había confiado a una criada joven, que se llamaba Giseffa. La criada joven había corrido a casa de su padre, el rumor se había esparcido y había comenzado el revuelo.

—Aún queda un punto oscuro —dijo el capitán—. Y es este: ¿cómo llegó a la conclusión de que había estallado el cólera?

Con santa paciencia, don Anselmo le contó que había sido la actitud del doctor Bellanca lo que le había provocado esa idea. Al verlo correr entre el palacio Lo Mascolo y el palacio Cammarata, le había preguntado qué estaba sucediendo, y el médico le había respondido de un modo que él...

—Está bien —concedió al fin el capitán—. Póngase cómodo.

Don Anselmo se levantó, tendió la mano al alcalde y en aquel momento Montagnet le dejó helado.

—Aún no puede marcharse. Quería decir que se pusiera cómodo en la habitación de al lado.

—La madre que... —comenzó don Anselmo.

El alcalde le puso la mano sobre la boca y lo acompañó hasta la puerta de la habitación de al lado. El capitán no se había dado cuenta de nada porque se había levantado y había salido. Volvió al poco con el doctor Bellanca, lo hizo sentar en el sitio que había ocupado don Anselmo y comenzó a hablar:

—Doctor, el señor Buttafava acaba de decir que fue usted quien lo indujo al equívoco, porque habiéndolo visto entrar tanto en el palacio Lo Mascolo como en el palacio Cammarata, usted le contó que tanto el barón como todos sus familiares, al igual que el marqués y todos sus familiares, estaban enfermos, pero no especificó qué mal habían contraído. ¿Es así?

—Lo confirmo por entero.

—Me parece que en este punto no... —murmuró el alcalde.

Pero el capitán pareció no haberlo oído.

—¿Por qué no le dijo explícitamente al señor Buttafava que se trataba de una simple gripe, aunque fuera grave? Si lo hubiera hecho, el señor Buttafava no habría sufrido tal confusión.

—Bah. Me irritó su insistente curiosidad. Y, además, la deontología profesional no...

—Entiendo. ¿Se trataba de verdad de una forma seria de gripe?

—¡Claro!

—¿Recuerda cuánto tenía de fiebre el domingo por la mañana el marqués Cammarata?

—Ahora no..., pero, sin duda, treinta y ocho o treinta y nueve...

—¿Y cómo es que aquella mañana el marqués fue al círculo?

—Es testarudo, ¿sabe? Iba a producirse la votación para la admisión como socio del abogado Teresi... Yo le había dicho que no se levantara, pero él... En efecto, al volver a casa, empeoró.

—Mientras que el barón Lo Mascolo siguió su consejo y se quedó en la cama.

Pero ¿adónde coño quería ir a parar?, se preguntaba el alcalde. Por suerte, Bellanca reaccionó.

—Aunque hubiera querido, no habría podido. ¡Él era el que estaba más grave de todos!

—¿Tenía la fiebre alta?

—Altísima. Cuarenta.

—¿También el lunes por la mañana?

La pregunta cogió desprevenido al doctor.

—Mmm..., no sé..., no recuerdo...

—Esfuércese.

—Déjeme pensar. ¿El lunes por la mañana, dice? Mmm, si no estaba a cuarenta, estaba a treinta y nueve y medio.

—¿Y cómo explica que, a las siete de la mañana del lunes, o poco después, fuese detenido por un carabinero del sargento Sciabbarrà en el acantilado que hay detrás de la vivienda del abogado Teresi?

Bellanca se quedó mirándolo con la boca abierta, el alcalde empalideció.

—¿Lo han... arrestado?

—No. Dado que el sargento sabía que algunos delincuentes capitaneados por un cura marchaban contra la vivienda del abogado, mandó a dos de sus hombres. Uno de los dos vio a un campesino que bajaba a duras penas por un callejón, lo persiguió y lo paró. Pero reconoció al barón y lo dejó marchar de inmediato.

—Perdone, pero ¿por qué ha dicho que el carabinero había visto a un campesino?

—Porque el señor barón estaba disfrazado de campesino.

También el alcalde se quedó boquiabierto. Ya no entendía nada. ¿Qué estaba sucediendo en este maldito pueblo?

—Pero ¿qué le dijo el barón al carabinero? —preguntó el doctor.

—Dijo que le habían entrado ganas de tomar un poco el aire.

—¿Y por qué se había disfrazado?

—No quería que sus conocidos lo molestaran durante el paseo.

—Quizá fue a ver a Teresi.

—Asuntos suyos —concluyó el capitán—. Pero, de todo esto, doctor, resulta claro que usted miente. Si dentro de cinco minutos no se decide a decirme la verdad, lo hago arrestar.

Y fue así como, mientras don Anselmo volvía a su casa blasfemando en voz alta como un loco, el doctor Bellanca salía del ayuntamiento esposado y escoltado por dos carabineros.

El capitán había dejado en libertad vigilada a don Anselmo y encarcelado al doctor en cuanto que, «unidos por un común designio criminal del cual aún no había aclarado los fines», habían provocado «una grave perturbación del orden público, difundiendo deliberadamente noticias alarmantes para suscitar el pánico de la población local».

Tras la noticia del arresto del doctor Bellanca y de la denuncia contra don Anselmo, ocurrieron algunas cosas:

Don Liborio Spartà convocó a la dirección del círculo mandando casa por casa al criado Casimiro: la reunión era a las cinco de la tarde, pero los miembros de la dirección debían llegar en pequeños grupos, sin llamar la atención, dado que se había declarado la ley marcial.

El alcalde Calandro, en cambio, cogió el teléfono para hablar con el prefecto. Dijo a su excelencia el comendador Eustachio Benincasa que el pueblo se había quedado sin médico forense a causa del arresto, en su opinión arbitrario, del titular, y que por eso era preciso que su excelencia reclamara a un médico de la capital y lo mandara a Palizzolo. Y también le dijo que ver pasar esposado por la calle al doctor Bellanca, respetado y estimado por todos, había sido un golpe para el pueblo. En resumen, había mucho malestar por cómo se comportaba el capitán Montagnet. Su excelencia, el señor prefecto, quedaba advertido.

Cuando acababa de colgar el teléfono, don Serafino Labianca, el comendador Agusto Padalino y el padre Alighiero Scurria, el párroco de la iglesia del Corazón de Jesús, entraron en el despacho sin ni siquiera llamar.

—¿Es verdad...

—... que el capitán...

—... ha arrestado al doctor?

Fue la primera pregunta tripartita.

—Es verdad.

—¿Es verdad...

—... que a don Anselmo...

—... lo han dejado en libertad vigilada?

Fue la segunda pregunta tripartita.

—Es verdad.

—¡Pero ese hombre es un maníaco! —espetó el padre Scurria.

—¿Y por qué ha arrestado a Bellanca? —inquirió don Serafino.

—Porque no ha querido decirle cuál era la enfermedad del marqués y del barón. O, mejor, le ha dicho que tenían la gripe, pero Montagnet no le ha creído.

—¡Cosa de locos! —afirmó el padre Scurria—.

Pero ¿no sabe este capitán que un médico es como un cura? Nosotros no podemos decir lo que nos cuentan en el confesionario y los médicos no pueden divulgar la enfermedad de los enfermos.

—¡Es un verdadero atropello! —exclamó don Serafino.

—Es el clásico desprecio de los piamonteses hacia nosotros, los sicilianos —sentenció el comendador—. Pero yo a este capullo no lo dejaré salirse con la suya. Ahora voy a la oficina y telefoneo a Roma, a Ciccino Barrafranca, le informo y le ruego que intervenga de inmediato.

El honorable diputado Francesco Barrafranca, primo hermano del comendador y su gran amigo, había obtenido en Palizzolo una grandiosa victoria electoral gracias precisamente a Agusto Padalino.

—Y yo —añadió el alcalde— acabo de hablar con el prefecto. Le he dicho que en el pueblo hay mucho malestar.

—Además, esta ley marcial no puede durar hasta el próximo brote de cólera —espetó don Serafino—. Es preciso que sea retirada de inmediato, como máximo mañana.

La dirección del círculo Honor y Familia, compuesta por el presidente don Liborio Spartà, don Stapino Vassallo, el coronel Amasio Petrosillo y el profesor Ubaldo Malatesta, hacia las siete de la tarde acabó de escribir una petición al prefecto de la capital, Camporeale, en la cual se informaba de que toda la población de Palizzolo estaba indignada por las acusaciones dirigidas por el capitán Montagnet contra tres personas amadas y veneradas como don Anselmo Buttafava, el padre Raccuglia y el doctor Bellanca, este último encarcelado de forma injusta. Los ciudadanos solicitaban, por tanto:

- La anulación de todas las acusaciones a los antedichos.
- La liberación del doctor Bellanca.
- La revocación de la ley marcial, que ya no tenía razón de ser.

El criado del círculo, Casimiro, fue el encargado de hacer firmar no solo a los socios, sino también a todos los ciudadanos que quisieran hacerlo.

Por la tarde llegó de Camporeale el doctor Girlanno Presti, encargado de sustituir al médico forense. Lo primero que hizo Presti fue presentarse ante el capitán Montagnet para anunciarle que necesitaba conversar con el doctor Bellanca, dado que quería conocer por él el estado de salud del pueblo. Montagnet le concedió una visita para la mañana siguiente a las ocho.

—Entonces, ahora que ya sabes dónde y cómo te hemos encontrado y te he explicado por qué era mejor traerte a mi casa en vez de al palacio Cammarata, ¿estás dispuesto a contárnoslo todo?

—Sí —contestó Luigino Chiarapane.

El muchacho se había recuperado bastante: las compresas le habían deshinchado los labios y la fiebre estaba a menos de treinta y ocho, pero las tres costillas rotas le hacían daño y apenas podía moverse.

—Los quiero ver a los dos en chirona, al marqués y al tío Carmineddru —murmuró Luigino.

—Yo también —le sonrió Teresi—. Por eso, cuéntamelo todo desde el principio.

—Mi madre es la prima de la mujer de Filadelfo Cammarata, y mientras mi familia ha vivido en Palizzolo, es decir, quince años después de mi nacimiento, siempre nos hemos tratado. Yo he crecido con Paolina, la hija mayor del marqués, aunque soy tres años mayor que ella. Y, cuando nos trasladamos a Salsetto, yo seguí viniendo aquí al menos dos veces por semana para verla. Yo soy hijo único y Paolina era para mí esa hermana que nunca tuve. Paolina es una chica de ley, religiosa, buena y generosa. ¡No sé cómo le ha ocurrido esto!

—De eso hablamos después —lo apaciguó Teresi.

—El otro día, cuando nos enteramos de la historia del cólera, fue mi madre quien me dijo que acudiera aquí para ver cómo estaban los Cammarata. Antes había mandado a un criado para preguntarle al marqués si podía pasar por su casa después del almuerzo y la respuesta había sido que sí. Me preocupé apenas vi el portón y las persianas cerradas. Me pareció una casa en luto, temí que hubiera muerto alguien. Me vino a abrir Gnazina, la hija de once años; me dijo que todos los criados habían huido, que Paolina y todos los habitantes de la casa tenían la gripe. Me dejó entrar en el despacho del marqués y me dijo que esperara. En aquella casa tan bulliciosa ahora había un silencio sepulcral. Luego, después de media hora, llegó el marqués. Estaba nervioso, más nervioso de lo habitual. Me dijo que lo siguiera un momento a la bodega, que debía coger una botella, y yo fui detrás de él.

»Le pregunté: "¿Cómo está Paolina?", pero no me respondió, abrió la puerta de la bodega. Había luz, las lámparas de petróleo estaban encendidas. "Antes tengo que hacer algo. Baja, que yo vengo enseguida", me dijo. Apenas llegué a los pies de la escalera de piedra, que es bastante larga, oí que la puerta se cerraba. Pensé en un golpe de viento. Luego me encontré delante al tío Carmineddru.

—¿Lo conocías de antes? —preguntó el abogado.

—Sí. Venía a ver al marqués y se encerraba con él en el despacho.

—¿Sabías quién era?

—¿Y cómo podía no saberlo? Todos en el pueblo saben que es una persona entendida.

—¿Y qué te dijo?

—¿Dijo? No habló.

—¿Y qué hizo?

—Con el primer puñetazo en la cara me tiró al suelo. Y luego patadas, golpes con una especie de maza... Yo empecé a gritar, pero ¿quién podía oírme desde ese sótano? Después de una decena de golpes, entró Filadelfo. «Te has divertido con mi hija Paolina, ¿eh, cerdo? La has dejado embarazada, ¿eh, puerco? Y ahora estás muerto.» Juro ante Dios que esta noticia me hizo más daño que todas las palizas del tío Carmineddru. Y entonces se pusieron los dos a pegarme. Luego me desvanecí y ya no me enteré de nada más.

—Te creyeron muerto —dijo Stefano.

—Y nosotros procuraremos que sigan creyéndolo —añadió Teresi.

# Capítulo VII
## La jornada de las denuncias

El doctor Girlanno Presti era un buen médico, pero en Camporeale todo el mundo sabía que se asustaba hasta de su sombra.

Tenía siempre en casa a un hombre que más que un hombre parecía un tronco de olivo andante, se llamaba Costantino y era tan grande y grueso que daba miedo mirarlo. Estaba siempre a disposición del doctor y lo acompañaba en caso de que tuviera que salir de noche porque el médico jamás se habría adentrado solo en la oscuridad.

El doctor se asustaba a la más mínima y ya el hecho de ir a las ocho de la mañana al cuartel de los carabineros, en cuya celda de seguridad estaba Bellanca, hacía que un sudor frío le recorriera la espalda. Pero lo que más le maravilló fue que encontró a su colega fresco, descansado y tranquilo como si hubiera pasado la noche en un hotel de lujo. Bellanca conocía a Presti y se alegró de que lo hubieran elegido a él para sustituirlo. Montagnet no había puesto límite de tiempo a la charla entre los dos médicos y había dejado una habitación con una mesa y dos sillas a su disposición. Lo primero que dijo Bellanca fue:

—¿Has traído mucha ropa de recambio?

—No, ¿por qué?

—Porque pienso que no me liberarán pronto. Ayer por la tarde vino el capitán a decirme que aquí dentro podían comerme los gusanos si no hablaba. Y no hablaré. Por eso...

—Pero ¿qué quería saber?

—Quería saber qué enfermedad tenían el barón Lo Mascolo y el marqués Cammarata. Yo le dije que gripe, pero no me creyó.

—Pero ¿de qué estaban enfermos?

—No tenían nada. Pero ¿tengo derecho a arrastrar por el fango el honrado nombre de dos familias?

Girlanno Presti palideció. ¿Qué era esta complicación? Él sabía que el colega había sido imputado por perturbación del orden público, ¿y ahora le salía con el honor de dos familias? La palabra *honor* en Sicilia es muy peligrosa, casi siempre trae sangre.

—¿Puedo conocer la historia? —preguntó con la esperanza de que Bellanca dijera que no.

—¡Claro! ¿No cumples la función de médico forense?

Y se lo contó todo.

—¿Cuatro mujeres embarazadas y ninguna de ellas tiene marido? ¿Las cuatro de dos meses? ¿Y cómo se explica? —preguntó Presti atónito.

—No se explica de ninguna manera, este es el problema. Además, estos cuatro embarazos suben la media anual de embarazos en Palizzolo. Son uno más, un extra. Como un florecimiento fuera de temporada, ¿entiendes? Pero te ruego discreción absoluta, ¿eh?

Presti puso cara de ofendido.

—No es necesario que me lo recuerdes.

—Y ahora hablemos de la situación sanitaria del pueblo. Aquí el tracoma y la malaria...

Una hora después, terminaron de hablar. Se estrecharon la mano, un carabinero fue a buscar al doctor Bellanca, y, mientras Presti recogía los folios en los que había tomado apuntes, la puerta se abrió de nuevo.

Levantó la vista y vio al capitán Montagnet mirándolo como un gato mira a un ratón.

El doctor Palumbo llegó con retraso a la visita matutina en casa del abogado Teresi. Encontró al muchacho bastante mejor, le dijo que dentro de tres días lo haría salir de la cama y caminar un poco por la casa.

—Mi madre, que ha sido advertida por el sobrino del abogado, viene a verme hoy después del almuerzo, querrá llevarme de nuevo a Salsetto.

—De momento ni hablar, no puedes afrontar el viaje en carroza.

Después de la visita, el abogado le ofreció el habitual café.

—Perdona el retraso, pero me han llamado de la casa de Giallonardo.

—¿El notario tiene algún problema?

—No, está bien, y también su mujer.

—Y, entonces, ¿qué? ¡Hijos no tienen!

—La criada. Una guapa muchacha de veinticinco años que se llama Rosalía Pampina, así me dijo la señora, porque ella ya no habla.

—¿Qué significa que ya no habla?

—La muchacha huyó por el cólera. Pasó la jornada y la noche fuera, volvió al día siguiente después del almuerzo. Desde entonces no habla, no come y no vive. O, al menos, la tarde en que volvió pidió permiso a la patrona para ir a la iglesia y cuando volvió algunas horas después ya no hablaba.

—¿Y cómo te lo explicas?

—Por desgracia, la he visitado. La han destrozado.

—¿Violada?

—De todas las maneras posibles e imaginables. En mi opinión, aquella noche que pasó fuera se cruzó con algún desalmado. Si esta tarde no mejora, la mandaré al hospital de Camporeale.

—¿La señora te dijo a qué iglesia había ido?

—A la que van también ellos, San Cono.

La permanencia del doctor Presti en Palizzolo en calidad de sustituto del médico forense no fue tan larga como Bellanca preveía.

En efecto, duró hasta las once de aquella mañana porque a las diez y media la puerta de la celda de seguridad se abrió y el capitán dijo al doctor:

—Queda libre. Lo he exonerado de las acusaciones. Buenos días.

Le dio la espalda y salió. Bellanca se quedó tan extrañado que ni siquiera respondió al saludo.

Más o menos a la misma hora, el teniente Villasevaglios se presentaba en casa de don Anselmo Buttafava.

—Tengo el placer de comunicarle que el capitán Montagnet ha retirado la acusación en su contra.

Don Anselmo, que cuando había visto al teniente había pensado de inmediato que acudía a arrestarlo, por poco no se desmayó de la emoción.

A las once y media, su excelencia Eustachio Benincasa, prefecto de Camporeale, llamó por teléfono al alcalde Calandro, quien se sintió en el deber de empezar:

—Le agradezco, excelencia, su rápida intervención que ha devuelto...

—¡Déjeme hablar a mí, por Dios!

—Perdone, excelencia.

—Quería decirle que, además de su llamada de ayer, hace poco he recibido una petición firmada por un centenar de ciudadanos de Palizzolo para que liberen al doctor Buzzanca...

—Bellanca, excelencia.

—Eso, sí, Bellanca. Le comunico, para que usted se lo refiera también a los firmantes, que mi respuesta es que deben tener paciencia durante algunos días más. El capitán Montagnet está actuando con perfecta legitimidad para devolver el orden a Palizzolo. Y usted, como alcalde, debe colaborar incondicionalmente con él. ¿Me explico?

—A la perfección, excelencia.

—¿Qué quería decirme?

—Nada, excelencia.

Por tanto, no había sido el prefecto quien había ordenado a Montagnet que diera marcha atrás. Y, por otra parte, el capitán no era un hombre que se arrepintiera de lo que hacía.

Recordó que el comendador Padalino había dicho que telefonearía al honorable Barrafranca. Tal vez el honorable había intervenido de inmediato. El movimiento sorpresa del capitán lo había incomodado. Salió de la oficina, dijo al ujier que volvería enseguida. Cuando la mañana era agradable, el comendador solía sentarse en el balcón de su casa a ver pasar a la gente. En efecto, estaba allí. Le habló desde la calle.

—Comendador, ¿conoce la noticia?

—¿Que han excarcelado a Bellanca? Sí.

—Debo agradecer al honorable Barrafranca por...

—Mire, alcalde, yo no conseguí hablar con Ciccino.

¿Y entonces cómo es que Montagnet había decidido excarcelar a Bellanca?

El aparcero 'Ngilino llegó a casa de Buttafava cuando era casi mediodía. Descargó de la mula queso fresco y de oveja, requesón, fruta, verdura, salchichas de cerdo, un corderito recién sacrificado y cuatro conejos, y los llevó a la despensa. Luego subió al despacho de don Anselmo.

—Debe disculparme por el otro día. Pero acababa de enterarme de lo de Totina y me estaba volviendo loco...

—¿Por qué no me lo dijiste entonces?

—Me avergonzaba. Supe por mi mujer que usted cosió a Totina a bofetadas. Hizo bien.

—Para mí era como una hija.

—Lo sé, don Anselmo.

—¿Y sabes qué me hizo perder la cabeza, 'Ngilì? ¡Que me respondió tomándome el pelo! ¡Me dijo que había sido el Espíritu Santo quien la había preñado!

—Usted, con todo respeto, se equivoca. No quería tomarle el pelo. Lo cree de verdad.

—¿Qué?

—Cree que fue el Espíritu Santo. Lo dice en serio.

—¿Se ha vuelto loca?

—No, señor, está bien. Solo dice que fue el Espíritu Santo.

—Pero ¿tú tienes idea de quién pudo haber sido?

—Oscuridad absoluta. Tampoco mi mujer puede explicárselo. Vea, Catarina nunca deja sola a Totina. Nos dan miedo todos esos delincuentes que andan por los campos... Totina es una muchacha guapa y alguno podría aprovecharse de ella.

—Entonces, ¿debemos creer que fue el Espíritu Santo?

'Ngilino se encogió de hombros.

—¿Y cuando Catarina y Totina van al pueblo los domingos para la misa?

—No le quita un ojo de encima. Totina y Catarina llegan por la mañana, temprano, se confiesan y luego hacen la comunión. Hacia las cuatro de la tarde toman otra vez el camino para San Giusippuzzo.

—Un momento —lo interrumpió don Anselmo—. Después de la misa, hasta las cuatro, ¿qué hacen?

—Van a comer a casa de mi cuñada, Clarizza, la hermana mayor de Catarina.

—Y esta cuñada, ¿tiene hijos varones?

—Sí, dos. Pero están en América.

—Y su marido, ¿cuántos años tiene?

—Ochenta años. Cuando se casaron, Turiddru tenía veinte años más que Clarizza.

No había manera de sacar el agua clara. ¿Y si había sido de verdad el Espíritu Santo?

En aquel momento, desde la calle, llegó la voz del pregonero municipal.

Decía:

—¡Pueblo de Palizzolo! ¡La ley marcial ya no está en vigor! ¡También el estado de sitio y el veto de reunión han sido revocados!

A las cuatro de la tarde, el criado Casimiro encontró al alcalde mientras salía de casa para ir al ayuntamiento.

—Dice don Liborio que si puede pasar un momento por el círculo.

Apenas Calandro entró en el salón, todos comenzaron a batir palmas.

—¡Viva nuestro alcalde! —exclamó don Stapino Vassallo.

Estaban casi todos los socios, incluso había acudido el doctor Bellanca, que no iba demasiado a menudo, solo faltaban el barón Lo Mascolo y el marqués Cammarata.

—¿Estamos todos? —preguntó el presidente Spartà al secretario.

—Al completo, faltan los enfermos.

—¡Casimiro! —llamó don Liborio.

Y el criado entró con cuatro botellas de champán recién sacadas del hielo. En un rincón del salón estaba dispuesta una mesa con los vasos encima. Destaparon las botellas y llenaron los vasos.

—Sírvanse los señores socios —dijo don Liborio Spartà—. Pero primero quiero hacer un brindis de agradecimiento al señor alcalde Calandro y a todos los que se han adherido a nuestra iniciativa para liberar al doctor Bellanca. ¡La presión ejercida por el alcalde y por nosotros sobre el prefecto ha dado resultado! ¡A la salud del doctor Bellanca!

Todos bebieron. El alcalde no se sintió con ánimos de decir la verdad, es decir, que el prefecto no había tenido nada que ver con aquel asunto.

—¿Podemos hacer otra ronda? —preguntó don Serafino Labianca.

—¡Claro! —exclamó don Liborio—. ¿Y por quién quiere brindar?

—¡Por los cuernos del capitán Montagnet!

Todos rieron. En un momento dado, don Anselmo se acercó al doctor Bellanca, le puso un brazo en torno a los hombros y lo alejó un poco de los demás.

—Quería saber algo.

—A su disposición.

Antes de hablar, don Anselmo lo apartó aún más. No quería que nadie le oyera.

—¿Un hombre de ochenta años puede dejar encinta a una muchacha?

—Ha habido casos. Pero rarísimos. ¿Por qué me lo pregunta?

—Porque la hija de mi aparcero, Totina...

—Lo sé todo, don Anselmo. Su madre me la ha traído para que la visitara.

—El único varón con el que Totina ha tenido relación es el marido de su tía Clarizza, que tiene ochenta años.

—¿Me está hablando de Turiddru Cannizzaro?

—Exacto.

—Pero ¿usted conoce a Cannizzaro?

—No, señor.

—Cannizzaro es paciente mío. Sufre de catarro, pero por lo demás es un hombre robusto y sano.

—¡Me está diciendo que podría haber sido él?

—¡En absoluto, don Anselmo! ¡No he dicho eso!

—Usted no quiere comprometerse —dijo don Anselmo desilusionado.

Y, tras acercarse al abogado Sciortino, lo cogió de un brazo y lo llevó aparte.

—Quisiera que usted me preparara una denuncia, que luego pasaré a firmar.

—A su disposición, don Anselmo. ¿A quién quiere denunciar?

—Al capitán Montagnet, por abuso de poder.

—No, don Anselmo. Está bien que el prefecto nos haya dado la razón, ¡pero eso sería mear fuera del tiesto!

—¡Quizá sea usted quien acostumbra a mear fuera del tiesto, dado como le tiemblan las manos! ¡Y si le tiemblan así las manos, figurémonos la polla!

El abogado Sciortino prefirió darle la espalda y alejarse. No era un día para armar jaleo.

La señora Albasia Chiarapane llegó de Salsetto. Una matrona cincuentona de un metro ochenta, rubia, con una voz de barítono y una vaga semejanza con un avestruz, expeditiva y autoritaria. Incluso Teresi se sintió un poco intimidado ante ella. A su hijo Luigino no lo abrazó, ni siquiera le preguntó qué le había ocurrido, pero lo acosó de inmediato:

—¿Así me tratas? ¿Todos estos días sin darme noticias? ¿Te parece un modo de comportarte con tu madre?

—Mamá...

—¡Eres igual que tu padre! ¡Los dos con la cabeza en las nubes mientras yo tengo que ocuparme siempre de todo!

—Mamá...

—¿Qué te has hecho en los labios?

—Mamá...

—¡Apuesto que ni siquiera has ido a casa de los Cammarata!

—Mamá...

—El señor que has mandado a Salsetto me ha dicho que habías tenido la gripe. Bah, me parece que ya se te ha pasado. ¡Vístete, que nos vamos de inmediato!

—Mamá...

—Señora, su hijo ha tenido una conmoción cerebral, ha perdido tres dientes, le han roto tres costillas y no sé cuántos...

—¿No decía yo que tenía la cabeza en las nubes? ¿Has terminado debajo de una carroza?

Luigino empalideció. Cerró los ojos y se tumbó en la cama. El abogado agarró al avestruz furibundo por un brazo y lo arrastró hasta el despacho.

—Pero, perdone, ¿usted quién es? —preguntó la señora Albasia.

—Soy el abogado Teresi. Mi sobrino Stefano y yo encontramos a su hijo después de que lo golpearan salvajemente y de que, tras creerlo muerto, lo metieran dentro de un saco y lo tiraran en el camino como un animal.

El abogado le decía aposta cómo habían ido las cosas sin suavizarlas, quería que la señora se encolerizara.

—¿Y Luigino ha reconocido al asaltante?

—Los asaltantes, señora. Eran dos, un mafioso y el marqués Cammarata.

—¡No me parece un buen momento para tomarme el pelo! ¡Debería avergonzarse! ¡El marqués Cammarata es un caballero, no haría daño ni a una mosca!

—Pregúntele a su hijo, señora.

—Pero ¿por qué lo haría?

—Porque estaba convencido de que Luigino había dejado embarazada a Paolina, la hija mayor del...

La señora saltó de la silla, salió disparada hacia la escalera, la subió a la carrera, entró en la habitación del hijo y le arreó una bofetada en la boca.

En un visto y no visto, la sangre comenzó a chorrear por las heridas reabiertas.

Pero su madre no se percató.

—¡Bellaco! ¡Asqueroso! ¡Aprovecharte de la hija inocente de mi prima!

—Cógela —dijo Teresi a su sobrino.

La agarraron entre los dos y la arrastraron de nuevo abajo, al despacho.

Teresi cerró la puerta con llave y se la puso en el bolsillo.

—Trate de calmarse, señora. Su hijo se ha pasado la noche delirando. Yo he transcrito lo que decía. Y usted bien sabe que en el delirio se dice la verdad. —Le tendió un folio—. ¿Quiere leerlo, por favor?

Siempre a las cuatro de aquella tarde, el doctor Palumbo comprobó que Rosalía Pampina aún no se decidía a beber ni una gota de agua y continuaba estando muda y con los ojos desorbitados, así que, con la ayuda de la mujer del notario y de una criada, la cargó en la carroza y la llevó al hospital de Camporeale. El médico del hospital la visitó y luego le dijo a su colega de Palizzolo:

—Tengo que poner la denuncia.

—Ponla —repuso Palumbo.

Media hora después, la denuncia, que hablaba de los gravísimos y repetidos actos de violencia carnal y sodomía a los que unos desconocidos habían sometido a la joven Rosalía Pampina, habitante de Palizzolo, era puesta en conocimiento del teniente Di Lullo, comandante del cuartel de Camporeale. Este la giró de inmediato, como correspondía, al capitán Montagnet.

Cuando la denuncia llegó a la mesa del capitán, este no se asombró. Ya conocía la historia de Rosalía Pampina, porque se la había contado el teniente Villasevaglios, quien había pedido los nombres y apellidos de las tres mujeres violadas por el bandolero Salamone.

Por escrúpulo de policía, pasó por la casa de Giallonardo. El notario no estaba, pero su mujer, la señora Romilda, le dijo todo lo que quería saber.

—¿Quién puede haber sido? —preguntó al fin la señora—. A nosotros, cuando regresó, no nos dijo nada. Y solo puede haberle ocurrido durante la noche que pasó fuera.

—Ya —musitó el capitán sin contarle la historia del bandolero.

Le dio las gracias y salió. Pero, si antes de ir a la iglesia Rosalía hablaba, ¿por qué a la vuelta de la iglesia ya no lo hacía? Claro, el trauma por las violencias padecidas podía haber aparecido con efecto retardado. O, dado que era una muchacha muy religiosa, ¿quizá cuando había ido a confesarse el padre no había querido darle la absolución? ¿Y por qué se la había negado?

La muchacha no había consentido en ningún momento, es más, según Villasevaglios, ella se había resentido más que las otras dos y se había tardado más en consolarla. Decidió ir a hablar con el párroco de la iglesia de San Cono.

El padre Filiberto Cusa, ante todo, dijo que, respecto de Rosalía Pampina, solo podía informar al señor capitán de que se trataba de una muchacha seria, temerosa de Dios y que se confesaba y comulgaba cada semana.

—La tarde que vino aquí, ¿se confesó?

—Había venido para eso.

—¿Le habló de la violencia que había sufrido?

—No puedo responderle, usted lo sabe muy bien.

—Una última pregunta, reverendo. ¿Le dio la absolución?

—Usted es muy hábil, capitán. Si respondiera a su pregunta, admitiría implícitamente que Rosalía me ha confesado algo tan grave como para poner en duda la absolución. Pero le quiero decir algo que quizá le será de ayuda. Para nosotros no es pecado si a uno lo han forzado a cometerlo. No sé si me explico.

—A la perfección.

Por tanto, Rosalía había obtenido la absolución. Entonces, ¿por qué había caído en la desesperación? Tuvo una idea.

—Una pregunta más, reverendo. ¿Recuerda cuánto tiempo se entretuvo Rosalía en la iglesia?

—Digamos que, como máximo, unos veinte minutos.

No, había algo que no cuadraba. La señora Giallonardo le había dicho que Rosalía había tardado dos horas en volver a casa. Admitiendo que en la iglesia hubiera permanecido media hora, ¿dónde había pasado la otra hora y media? Y, sobre todo, ¿a quién había visto?

Volvió al cuartel y el carabinero de guardia le dijo que había una dama y un caballero que lo esperaban. Los había hecho sentar en su oficina. Entró, los dos se pusieron de pie.

—Buenos días. Soy el abogado Matteo Teresi —se presentó el hombre.

—Y yo soy la señora Albasia Chiarapane.

—Buenos días.

Se sentó y se dio cuenta de que sobre el escritorio había dejado la denuncia del médico del hospital. La cogió y la metió en un cajón. Pero no sabía que el abogado Teresi había tenido tiempo de aprendérsela de memoria.

—Ustedes dirán.

El abogado y la señora se consultaron con los ojos. Tomó la palabra la mujer.

—Estamos aquí, el abogado y yo, para presentar una denuncia por intento de homicidio contra mi hijo Luigi.

—¿El hecho ha ocurrido aquí?

—Sí.

—¿Es una denuncia contra desconocidos?

Esta vez habló Teresi.

—No. Contra el marqués Filadelfo Cammarata y un conocido capo de la mafia del pueblo al que llaman tío Carmineddru y de quien ignoramos el apellido.

—Yo lo sé —repuso el capitán—. Se llama Carmine Pregadio. ¿Y su hijo dónde se encuentra, ahora?

—En mi casa —dijo Teresi—, lo recogimos en el camino, lo habían metido en un saco. Evidentemente lo dieron por muerto.

—Ante todo, quisiera tener su testimonio. ¿Puede venir aquí?

—El doctor Palumbo, que lo ha atendido, le ha

prohibido levantarse. Pero usted, si quiere, puede venir a mi casa...

—Vamos —dijo Montagnet, poniéndose en pie.

Después de más de una hora, el abogado salió junto al capitán para acompañarlo a la consulta del doctor Palumbo, dado que Montagnet quería oír su testimonio. Mientras caminaban en silencio, Teresi soltó una frase pensada y dicha aposta para despertar la curiosidad de Montagnet.

—¡Qué cosa más extraña!

—¿Qué? —preguntó el capitán.

—También la hija del barón Lo Mascolo está embarazada de dos meses.

—¿De veras? ¿Y cómo lo sabe?

Pero no parecía tan interesado.

—Bah, vino a mi casa acusando a mi sobrino Stefano de haber seducido a su hija.

—¿Lo amenazó?

—¡Quería dispararle! —exclamó el abogado, riendo.

—Amenaza a mano armada. ¿Lo quiere denunciar?

—No. Se persuadió de que no había sido mi sobrino. Pero ¿no le parece extraño que dos muchachas solteras estén embarazadas de dos meses?

—Si es por eso, las mujeres embarazadas que no quieren revelar el nombre del, digamos, culpable son cuatro —afirmó el capitán.

Teresi empalideció. Se quedó de piedra en mitad de la plaza. No sabía que el doctor Presti, después de media hora de interrogatorio del capitán, después de que lo amenazara a una condena de diez años, había aflojado y le había referido todo lo que le había dicho el doctor Bellanca.

—Pero usted... ¿cómo se ha enterado?

—Somos carabineros, ¿no?

Acababa de dejar al capitán hablando con Palumbo y estaba regresando a casa, donde lo esperaba la madre de Luigino, cuando lo detuvo don Anselmo Buttafava.

—Abogado, por favor.

—A sus órdenes, don Anselmo.

—Necesito que me prepare una denuncia...

—Perdone, don Anselmo, pero ¿su abogado no es mi colega Sciortino?

—En efecto, primero me dirigí a él. Pero no quiso saber nada.

—¿Y a quién quiere denunciar?

—Al capitán Montagnet, por abuso de poder.

—Es una denuncia un poco descabellada.

—¿Ah, sí? ¿Y su denuncia, en cambio, era muy sensata?

—Oiga, ¿podemos hablar mañana por la mañana a las nueve? Si quiere, voy a su casa.

—Lo espero. ¿Puedo explicarle otra cosa?

—Tengo un poco de prisa, don Anselmo. Dígame.

—Según usted, ¿un viejo de ochenta años puede preñar a una muchacha?

El abogado volvió a quedarse de piedra por segunda vez en diez minutos.

—¿Por qué me hace esta pregunta?

—Porque Totina, la hija de mi aparcero 'Ngilino, está embarazada de dos meses y dice que fue el Espíritu Santo. Pero yo pienso que fue su tío, que, no obstante, tiene ochenta años. Se debió de haber aprovechado de ella cuando vino aquí para la santa misa.

El abogado ya casi no escuchaba. Se estaba preguntando si Totina ya estaba incluida en la lista de las cuatro mujeres o si era la quinta.

# Capítulo VIII
## El abogado Teresi comienza a razonar

La señora Albasia Chiarapane regresó a Salsetto cuando ya oscurecía, pero anunció que volvería al día siguiente por la tarde. Después de haber comido lo que la criada había preparado, y de haber hecho comer a Luigino, Teresi dijo a su sobrino que no subiera a charlar con el muchacho, sino que fuera a su despacho.

—Te quiero preguntar algo.

—Pregunte.

—Relacionado con Antonietta Lo Mascolo.

—Lo que sé de ella ya se lo he dicho. Pero si quiere volver a hablar, aquí estoy.

—Stefanù, he razonado largamente sobre este asunto. Tú has sostenido, y sigues sosteniendo, que Antonietta no era en absoluto una muchacha capaz de dejarse bajar las bragas por una persona que hubiese conocido el día anterior, ¿correcto?

—Correcto. Y tampoco de dejarse bajar las bragas por una persona que conociera de tres años antes.

—Me gustaría saber de dónde nace esa certeza.

—De cómo se comportaba, tío. De cómo hablaba. Y no eran palabras vacías. Estaba convencida en su alma de lo que hacía y decía. Y luego tuve ocasión de hablar con ella de cuándo quería casarse. Del hombre que elegiría tenía un concepto preciso: debía ser serio y honrado. Como ella. No le importaba si era rico o no. El año pasado el barón le hizo saber que el hijo del barón Piscopo, Arrigo, había dado un paso al frente. Ella respondió que ni hablar, porque había visto una vez a Arrigo y era suficiente.

—Por tanto, ¿tú excluirías un novio secreto?

—De la manera más absoluta. Y también le digo que, si lo hubiera tenido, habría hecho el amor con él solo después del matrimonio. Pongo la mano en el fuego.

—Por tanto, el barón no razonó mal con relación a ti.

—¿Qué quiere decir?

—Que siendo tú el único hombre que frecuenta a su hija y con el cual tenía confianza...

—Desde ese punto de vista, no, no se equivocaba. Pero yo a Antonietta nunca la he tocado.

—Pero alguien la tocó. ¡Y cómo!

—Pero, tío, ¿dónde la tocó? ¿Cómo hizo para convencerla? ¿Cómo encontró el tiempo para estar con ella?

—Tú me has dicho que Antonietta era toda casa e iglesia, ¿correcto?

—Correcto.

—¿Qué nos ha dicho Luigino acerca de Paolina? ¿No nos la ha descrito con las mismas palabras que tú has usado para Antonietta? ¿Las dos muchachas no parecen calcadas la una de la otra?

—Son calcadas.

—Y ahora te cuento la historia sobre una tercera muchacha que me han explicado antes de volver a casa. Se llama Totina y es la hija del aparcero de don Anselmo Buttafava. También ella está embarazada de dos meses y dice que el padre es el Espíritu Santo.

—¿Qué me cuenta? —espetó Stefano extrañado.

—Te estoy contando lo que hay.

—¡La hija de un aparcero!

—Como ves, este tema no hace diferencias de clases. Y volvamos a Totina. Su madre no le quita un ojo de encima cuando el domingo vienen aquí para la misa. Solo la deja cuando va a confesarse. En resumen, también ella es toda casa e iglesia.

—Me parece que eso no nos ayuda.

—¡Nos ayuda, Stefanù, nos ayuda!

—¿Cómo?

—Razonemos. Si eliminas la posibilidad de que estas muchachas hayan hecho la tortilla en casa, ¿qué te queda?

—La iglesia.

—¡Ahí te quería!

—Pero, tío, ¿qué se le ocurre? ¿Cómo es posible en una iglesia?

—Como posible es posible. ¿Has estado alguna vez, por ejemplo, en la misa de medianoche del último día del año? ¡Hay tanta gente que no cabe ni un alfiler! ¡Mi amigo Gegè Pirrotta se acostó así la primera vez con su novia! ¡De pie, dentro de la iglesia!

—Tío, me parece que se está dejando llevar por la fantasía. Se trata de tres mujeres que...

—Cuatro.

—¿Cómo que cuatro? —se sorprendió Stefano.

—Son cuatro y todas de dos meses. Me lo dijo Montagnet.

—¿Y quién es la cuarta?

—No me dio el nombre.

—Está bien, pero ¿usted se imagina a cuatro mujeres que, en cuatro iglesias distintas, pero en la misma festividad, se dejan levantar las faldas sin decir ni pío? En el caso de su amigo la cosa era distinta, él y la muchacha eran novios. Pero le puedo asegurar que Antonietta no tenía un novio secreto. Y tampoco Paolina, creo.

—Por lo que tú sabes.

—¡Por lo que yo sé, claro!

—¿Y si hubiera sido un solo hombre?

—¡Pero, tío! ¡¿Me quiere hacer creer la historia de un miembro errante que va de iglesia en iglesia?! ¡Uno o cuatro, las muchachas se habrían rebelado de igual modo!

—Quizá no han abierto la boca porque se avergonzaban de lo que les estaba ocurriendo.

—Conociendo a Antonietta como la conozco yo, ¡creo que se habría puesto a dar unas voces que se hubieran oído hasta en Palermo!

—Está bien, consideremos una segunda hipótesis. Yo no voy a la iglesia y tú tampoco. Pero, la otra vez que pasó la procesión, vi que junto a San Cono no solo había mujeres viejas y jóvenes y hombres ancianos, sino que también había cuarentones y veinteañeros. Unos cuantos tenían una escarapela en el ojal.

—Es el signo de la congregación de San Cono.

—¿Y los encapuchados del viernes santo?

—Esos son de la congregación de la Pasión.

—¿Entiendes lo que te estoy diciendo? No hay iglesia que no tenga sus congregaciones. Se trata de hombres más o menos jóvenes que frecuentan las iglesias. Que quizá tienen los mismos sentimientos devotos que tienen Antonietta, Paolina y Totina. Que tienen intereses espirituales comunes. ¿No es posible que su novio secreto sea uno de estos hombres?

—Tío, ya le he dicho que Antonietta antes del matrimonio no...

—Pero ¿quién te ha dicho que no estén casados? —preguntó Teresi con ojos desencajados.

—¿Casados? ¿Sin que lo haya sabido nadie?

—¡No habría necesidad de que nadie lo supiera! ¡Se habrían casado en secreto delante de Dios! ¡En su alma, en su conciencia, se habrían casado! ¡Y, por tanto, Antonietta podría perfectamente hacer el amor con su esposo!

—¿Y dónde habrían consumado el matrimonio, según usted? ¿En el altar mayor?

El abogado no replicó.

—Estoy un poco cansado —espetó Stefano, levantándose—, voy a charlar con Luigino y después me iré a acostar. Buenas noches.

Pero el abogado no tuvo una buena noche. Tres cuartas partes las pasó en el despacho, reflexionando y tomando notas.

El funcionario del Registro Civil de Palizzolo, Cosimo Spartipane, era puntualísimo en abrir la oficina a las ocho de la mañana, con la excepción de las fiestas de guardar. Entró, se quitó el sombrero, se agachó para abrir el último cajón del escritorio, donde guardaba pluma y tinta, y cuando se levantó se encontró delante al capitán Montagnet. Casi le dio un ataque. Primero, porque siendo un caballero hecho y derecho, cada vez que veía a un carabinero se asustaba. Segundo, porque no lo había oído llegar.

—Buenos días —espetó el capitán.

—Buenos días. ¿Necesita algo?

—Sí. Dos libros de familia.

—¿De quién?

—Del barón Alfonso Lo Mascolo y del marqués Filadelfo Cammarata.

—No sé si el reglamento permite...

—Como usted habrá entendido, no se lo estoy pidiendo para mi deleite personal. Los necesito para una investigación. Y no creo que los libros de familia sean documentos reservados. Por tanto... A menos que usted quiera obstruir a la justicia, en cuyo caso...

—¿Para cuándo los necesita?

—Dentro de una hora.

Apenas salió Montagnet, Spartipane se precipitó al despacho del alcalde, que acababa de llegar.

—¡El capitán quiere los libros de familia de Cammarata y de Lo Mascolo!

—¿Para qué?

—¿Y yo qué sé?

¿Y si a Montagnet le habían vuelto las ganas de encarcelar a algún otro? Quizá lo mejor era advertir a los dos, al marqués y al barón, de esta novedad. Escribió dos notitas iguales, donde solo cambiaba el nombre del destinatario, y las envió con dos guardias municipales. En un sobre abierto, de modo que los guardias las pudieran leer y luego contar a todo el pueblo este nuevo movimiento del capitán.

A las nueve de la mañana, el abogado Teresi se presentó en casa de don Anselmo, que lo hizo entrar de inmediato en su despacho.

—Bueno, como le dije ayer por la tarde, quisiera denunciar al capitán Montagnet por...

El abogado levantó un brazo, y don Anselmo se detuvo.

—Me he pasado toda la noche estudiando si hay precedentes.

Era una solemne mentira, pero él, Teresi, no tenía ningún interés en enfrentarse a Montagnet. Y tampoco quería disgustar a don Anselmo.

—¿Qué me importa si no hay precedentes?

—A usted, no, pero a nosotros, los abogados, sí. Y le debo decir que no los he encontrado.

—¿Ah, no? Entonces, si alguien roba mierda, ¿yo no puedo hacer nada porque antes nadie ha robado mierda?

—La comparación no es apropiada, don Anselmo. El hecho es que el capitán ha actuado según los poderes que le concedía el estado de emergencia.

—¿Acabó el estado de emergencia?

—Acabó.

—Y, entonces, ¿por qué este capitán no se larga

de una maldita vez de aquí, en vez de pedir, a diestro y siniestro, los libros de familia de todos?

—¿De todos, quiénes?

—Del barón Lo Mascolo y del marqués Cammarata, por ejemplo.

—¿Y cuándo los ha pedido?

—A mí me lo han dicho un minuto antes de que entrara usted.

¿Qué pretendía Montagnet? Lo pensaría después.

—Lo siento, don Anselmo, pero no puedo hacer nada por usted. Sin embargo, creo poder serle útil en el asunto de Totina.

—¿De veras?

—Sí. Necesitaría hablar con...

—Totina no habla, solo dice que fue el Espíritu Santo.

—A mí me bastarían cinco minutos con su madre.

Don Anselmo sacó el reloj del bolsillo.

—Usted, abogado, ¿está libre hoy a las cinco, después del almuerzo?

—Sí.

—A esa hora encontrará aquí a Catarina.

La explicación del motivo por el cual Montagnet había pedido los libros de familia se le ocurrió mientras estaba desayunando un *cannolo* en el café Esperia. Dejó el *cannolo* a medias y se puso a correr hacia su casa.

Allí encontró a Stefano y Luigino charlando y riendo.

—Stefanù, ¿sabes con precisión cuántos años tiene Antonietta?

—Diecisiete y siete meses.

—¿Y cuántos años tiene Paolina? —preguntó dirigiéndose a Luigino.

—Dieciséis y medio. ¿Por qué?

—¡Porque son menores de edad, por eso!

Luego escapó en carroza a Camporeale porque tenía un juicio en los tribunales.

Y así se perdió el mayor espectáculo nunca visto en Palizzolo.

A las diez y media de la mañana, dos carabineros y un sargento, precedidos por el teniente Villasevaglios, que parecía aún más largo y más seco, como un muerto viviente, salieron del cuartel y se encaminaron hacia el centro del pueblo. Llevados por la curiosidad, algunos holgazanes empezaron a seguirlos. Cuando los carabineros atravesaron la plaza principal, había el doble de curiosos. En resumen, cuando los carabineros tomaron via Cammarata, tenían detrás a unas cincuenta personas. El teniente Villasevaglios golpeó al portón. Entraron. El portón se cerró. Aprovechando el intervalo, algunos corrieron a llamar a otros paisanos.

De pronto, a pesar de que las ventanas estaban todas cerradas, estalló dentro del palacio un terrible vocerío de llantos y lamentos que llegó a la calle.

Abrieron el portón y salieron, en este orden: primero, el teniente Villasevaglios, luego el sargento, a continuación, el marqués Filadelfo Cammarata, esposado, y, al final, los dos carabineros. El marqués tenía la cara verde y temblaba como una hoja. Pero se entendía que no era por el miedo ni por la vergüenza, sino por la rabia. En el instante en que salió por el portón, todas las ventanas del palacio se abrieron de golpe y aparecieron siete de las ocho hijas del marqués, su mujer y dos criadas, que lloraban, daban voces e imprecaban a los carabineros.

Fue en ese mismo momento cuando el marqués pegó un salto y en un visto y no visto mordió la oreja del sargento, a quien tenía delante, y no la soltó hasta que el teniente, desenvainando la espada, le dio un tremendo golpe de plano en la cabeza.

Se calculó que al menos doscientas personas acompañaron a los carabineros hasta el cuartel.

Menos de un cuarto de hora después llegó el abogado Sciortino. Lo recibió el teniente Villasevaglios.

—¿Puedo saber de qué está acusado mi cliente?

—De intento de homicidio ayudado de un tal Carmine Pregadio.

—¿Han arrestado también a Pregadio?

—Se ha dado a la fuga.

—¿Y a quién habrían intentado matar?

—A un joven. Luigi Chiarapane.

—¿Por qué?

—Eso no se lo puedo decir.

A mediodía hubo una reunión especial en el castillo del duque Ruggero d'Altomonte en la que participó toda la nobleza de Palizzolo. Para ser precisos, asistieron el marqués Spinotta, el barón Piscopo, el barón Roccamena y el barón Lo Mascolo (quien salió por primera vez de su casa dada la gravedad de la situación). Ausente a la fuerza, el marqués Cammarata.

La reunión se celebró en el dormitorio del duque, que estaba en un sillón con una manta de lana espesa sobre las rodillas. Sus ciento dos años le hacían sentir siempre frío.

—¡Ya no hay religión!

—¡Ya no hay respeto!

—¡Ya no hay orden!

—¡Ya no hay educación!

—¡Adónde hemos llegado!

—¡Un marqués esposado como un vulgar delincuente!

—¡Puesto en la picota!

—¡Expuesto al oprobio del populacho infame!

—¡Aquí se quieren subvertir los valores!

Cuando se hubieron desahogado, el marqués Spinotta dijo que era preciso impedir que el capitán hiciera más daño.

—¿Puede hacer más? —preguntó el barón Lo Mascolo.

—¡Cómo no! —replicó el barón Piscopo—. ¡Y la próxima víctima será usted!

—¡¿Yo?!

—¡Sí, señor! ¿Sabe que Montagnet ha pedido su libro de familia?

—Sí, lo sé. Pero ¿por qué?

—¡Y yo qué sé! El hecho es que había pedido también el de Cammarata e inmediatamente después lo ha arrestado. Por tanto...

El barón Lo Mascolo palideció.

—¿Cómo son sus relaciones con su primo el duque de San Loreto? —preguntó el barón Roccamena al marqués Spinotta.

El duque Simone Loreto de San Loreto era el más alto dignatario de la corte de su majestad el rey.

—Excelentes. ¿Por qué?

—¿Le podría telefonear a Roma planteándole la situación que se ha creado? Mire, si el duque pudiera decir media palabra al comandante general del Cuerpo...

—Puedo intentarlo —contestó el marqués Spinotta.

Fue en este punto cuando el duque Ruggero d'Altomonte abrió la boca.

—Amigos...

Dado que hablaba con un hilo de voz, todos se acercaron.

—¿Quieren saber quién tiene la culpa de todo esto?

Cogiendo un poco de aliento, en el silencio respetuoso de los presentes, dictó su sentencia.

—¡Toda la culpa es de la Revolución francesa!

El abogado Teresi no estuvo ni media hora en el Tribunal de Camporeale porque el juicio fue aplazado. Al lado del tribunal estaba el hospital.

De golpe, sin pensarlo dos veces, decidió ir a preguntar cómo estaba la muchacha a la que habían violado, aquella sobre la que había leído la denuncia del doctor mientras esperaba al capitán Montagnet. El asunto le interesaba como periodista. Quería escribir un artículo. Por suerte se acordaba del nombre.

—Me llamo Stefano Torrisi —dijo a la monja que estaba detrás del mostrador de entrada—. Quisiera tener noticias de una pariente.

—¿Cómo se llama?

—Rosalía Pampina.

¿Por qué la monja estaba tan azorada?

—No sé si... De todos modos, siéntese en la sala de espera.

Después de un rato, entró un médico con bata blanca.

—¿El señor Torrisi?

En la habitación había tres hombres. Ninguno se movió.

—¿No está el señor Torrisi? —preguntó otra vez el médico.

De pronto, Teresi recordó que había dado ese nombre.

—Perdone, le pido disculpas —respondió—, estaba distraído.

—Sígame —dijo el médico.

Lo llevó a una oficina, lo hizo sentar y cerró la puerta.

—¿Qué grado de parentesco tenía con Rosalía Pampina?

¿«Tenía»? ¿Por qué no había dicho «tiene»?

—Soy su primo segundo. ¿Por qué?

—Porque Rosalía Pampina se ha suicidado esta mañana al amanecer tirándose por una ventana del segundo piso. Acepte mis más sentidas condolencias.

—Pero... ¿no estaba vigilada?

—¿Por qué deberíamos haberla vigilado? Por

otra parte, ayer por la tarde nos pareció que estaba mejor.

—¿En qué sentido?

—Habló. Dijo una frase completamente comprensible, aunque de significado oscuro.

—¿Qué dijo? —preguntó el abogado, vete a saber por qué, con un nudo en la garganta.

Como si en verdad Rosalía fuera pariente suya.

—Dijo: «La penitencia es como el pecado». La repitió dos veces. Luego cayó en un estado catatónico. Hay un problema que quizá usted puede resolvernos.

—Dígame.

—No podemos avisar a sus familiares porque no tenemos la dirección. ¿Usted es de Palizzolo?

—Sí.

—Eso es, si pudiera advertir al doctor Palumbo, sin duda, él podría...

—Lo haré.

«La penitencia es como el pecado.» ¿Qué quería decir? ¿Por qué no hablarlo con Montagnet? Quizá, entre los dos, conseguirían entender el significado.

Pasó por el taller donde imprimían el periódico que dirigía y escribía y que se publicaba cada semana.

—Falta el artículo de fondo —le dijo el tipógrafo—. Y si no me lo manda mañana, máximo pasado, saldremos con retraso.

Partió hacia Palizzolo, pero cuando llegó encontró a unas cincuenta personas que aún estaban delante del cuartel de los carabineros.

—¿Qué pasa?

—Han arrestado al marqués Cammarata.

Entonces fue a advertir al doctor Palumbo de la muerte de Rosalía Pampina.

# Capítulo IX
## ¿Qué hay en la encella?

El juez instructor Artidoro Tommasino llegó a Palizzolo a las siete de la mañana y se alojó con el secretario que lo acompañaba en una habitación del cuartel de los carabineros.

Primero estuvo hablando cara a cara con el capitán, luego mandó a buscar con una carroza a Luigino Chiarapane, lo escuchó durante una hora y luego lo devolvió a casa.

Después mandó llamar al doctor Palumbo y le hizo detallar todas las heridas que el médico había encontrado en el cuerpo del muchacho.

Después hizo entrar a Stefano y quiso que él le contara cómo habían encontrado a Luigino dentro de un saco y qué habían hecho apenas se habían dado cuenta de que el muchacho aún estaba vivo.

Luego, sin que nadie se lo esperara, mandó llamar a Teresi.

Apenas lo vio llegar, el abogado Sciortino, que estaba delante de la sala de juicios, entró junto a su colega.

—¿Quién de vosotros es Matteo Teresi? —preguntó el juez.

—Yo —respondió Teresi.

—¿Y usted quién es?

—Soy el abogado Sciortino, defensor del marqués Cammarata. Debo presentar una protesta formal.

—¿Por qué?

—¡Porque en la fase de instrucción está haciéndose ayudar por el abogado de la acusación!

—¡Para su información, yo no me hago ayudar por nadie! ¡Y no quiero ir más allá en la interpretación del verbo empleado por usted! No he convocado a Matteo Teresi en calidad de abogado de la acusación, sino como testigo. Lo podrá verificar, a su debido tiempo, con la lectura de las actas. ¡Salga de esta habitación de inmediato!

Teresi, apenas había tenido la noticia del arresto del marqués, había alabado mentalmente al capitán por el valor que había mostrado y, por eso, se alegró aún más al saber que el juez Tommasino era un hombre que no miraba a la cara a nadie.

Apenas el abogado Sciortino hubo salido, el juez empezó.

—Antepongo que, como he tenido ocasión de decir ahora, usted está aquí en calidad de testigo. He sabido por su sobrino Stefano cómo se ha producido el hallazgo del joven Chiarapane. Su sobrino quería transportarlo a la vivienda más cercana, que era el palacio Cammarata, pero usted se opuso y lo llevó a su casa. ¿Es así?

—Así es.

—Entonces, la pregunta es esta: ¿por qué?

Teresi, que no se esperaba esa peligrosa pregunta, por un momento se quedó atónito.

—No entiendo —dijo para ganar tiempo.

—Su sobrino ha sido muy claro al respecto. Nos ha referido que usted, ante su propuesta de transportarlo al palacio Cammarata, habría reaccionado diciendo, más o menos, que no quería dar al marqués la ocasión de acabar la obra. Ahora la pregunta es muy sencilla: dado que antes de entonces usted no había visto nunca a aquel joven y, por tanto, lo desconocía todo de él, ¿qué le hizo pensar, de inmediato, que en la casa de Cammarata había algún riesgo para su vida?

La pregunta era en verdad peligrosa. Si Teresi decía que sabía que el marqués no era un hombre cualquiera y salía a relucir que había votado contra él en el círculo, el juez podría hacerse la idea equivocada de que él, Teresi, le tenía ojeriza al marqués. Pero el abogado terminó por acordarse de lo que le había pasado por la cabeza cuando habían encontrado al muchacho.

—Señor juez, fue una pura y simple intuición, pero basada en algunos detalles. Mire, Stefano me dijo que le parecía que aquel muchacho era un sobrino de la marquesa y que iba a menudo al palacio Cammarata. Tenga presente que quien lo había agredido creía haberlo matado. Por tanto, habían metido el cuerpo en un saco y lo habían tirado a algunos centenares de metros del palacio Cammarata. Fue una señal precisa, señor juez. Una señal de que aquello era cosa de la mafia. Un cadáver abandonado a una distancia suficiente del palacio Cammarata como para excluir a los Cammarata, pero no tanto como para no dar a entender que los Cammarata de algún modo tenían algo que ver. Y me acordé de que a menudo y con gusto el marqués había recurrido a los servicios del capo de la mafia local, Carmine Pregadio, conocido como tío Carmineddru. Eso es todo, créame.

Tras despedir a Teresi, el juez llamó al marqués Cammarata. Como estaba bajo arresto, el sargento y un carabinero permanecieron de pie al lado de su silla.

El sargento tenía una oreja vendada.

—¿Qué le ha pasado? —le preguntó el juez.

—Ha sido una mordedura del aquí presente.

—Por tanto, también resistencia y agresión a las fuerzas del orden.

—No me joda —dijo el marqués, cuya cara ahora estaba completamente verde.

—Oiga, marqués, usted está acusado de intento de homicidio. ¿Qué tiene que decir?

—Que fui yo y que no me toque más las narices.

—¿Quiere hacer entrar al abogado Sciortino? —dijo el juez.

El abogado entró.

—Marqués, ¿tiene la amabilidad de repetir lo que acaba de decir?

—Que fui yo el que intentó matar a ese hijo de su madre.

El abogado Sciortino se quedó de piedra.

Una hora después, el marqués Filadelfo Cammarata, encadenado, «dada la peligrosidad del sujeto», era trasladado a la cárcel de Camporeale.

A las tres de la tarde, con la autorización que le había dado el juez Tommasino en la mano, Montagnet golpeó el portón del palacio Lo Mascolo.

—Hay un capitán de los carabineros que quiere hablar con usted —dijo la criada Filippa al barón.

Don Fofò, aparte de que al capitán no quería verlo ni en pintura, se preocupó, recordando las palabras del marqués Spinotta: «¡Y la próxima víctima será usted!». No podía escaparse por una ventana de atrás, como había hecho cuando había ido a ver a Teresi. No había nada que hacer.

«Doblégate, junco, que pasa la corriente», se recordó a sí mismo. Y luego dijo a Filippa:

—Hazlo sentar al escritorio; no, en el salón.

En el salón estaban los retratos pintados de una veintena de antepasados, así el señor capitán sabría con quién se las veía. Don Fofò se quitó la bata y, mientras se estaba vistiendo, llegó a la carrera su mujer, la baronesa Marianna.

Si cuando se habían casado la baronesa ya no brillaba por su belleza, ahora, entre la edad y lo que estaba sufriendo por su hija Antonietta, se había vuelto tan fea que daba miedo. Lo miró y se puso a llorar.

—¡Te meterá en chirona! ¡Siento que esta vez terminarás en chirona!

El barón le dio un empujón con una mano mientras con la otra se agarraba con firmeza los testículos por superstición, salió del dormitorio, bajó la escalinata y entró en el salón.

El capitán, que estaba de pie mirando los retratos, saludó a la manera militar y le tendió un folio. Don Fofò sintió que el corazón se le caía a los pies.

De seguro, era la orden de arresto. Empezó a sudar, el salón daba vueltas a su alrededor.

—No tengo las gafas.

Estaba tan asustado que le temblaba la voz.

—¿Se lo leo yo?

—Sí.

El capitán se lo leyó.

Al final, por poco el barón no lo abrazó, esta vez no iba a la cárcel. Y estaba sobre todo contento de no ir por culpa de esa, la suelta de su hija, a la que cada tanto consideraba muerta y cada tanto consideraba viva, pero suelta. Decidió ofrecer una cierta resistencia formal.

—Me parece haber entendido que usted está autorizado a mantener una conversación privada con mi hija.

—Exacto.

—¿Puedo preguntarle por qué quiere hablar con mi hija? ¿Y en presencia de su madre? Además, mi hija está en cama, enferma.

—Señor barón, yo habría podido mandar a los carabineros a buscar a su hija. No lo he hecho por respeto a su dolor de padre.

¡Entonces el capitán sabía que su hija estaba embarazada! Esto significaba su dolor de padre. ¡No había ninguna necesidad de ponerse a hacer teatro con él!

—Le agradezco su cortesía, pero no ha respondido a mi pregunta.

—Lo hago de inmediato. Su hija es menor de edad, señor barón. Y yo debo saber si ha sido víctima de un estupro o si ha dado su consentimiento. Y debo hacerlo en presencia de su madre precisamente porque su hija es menor de edad.

Cortés y firme. Además, si el capitán conseguía hablar con Antonietta, podía venirle bien. Saldría el nombre del amante.

—Está bien —concedió el barón, saliendo.

Una hora después, el capitán golpeó el portón del palacio Cammarata.

—¡Cornudo! ¡Hijo de tu madre! ¡Cornudo! —empezó a dar voces la marquesa apenas lo vio.

Y las siete hijas, incluida la pequeña, que a simple vista tendría unos cinco años, que repetían a coro:

—¡Cornudo! ¡Hijo de tu madre! ¡Cornudo!

Y las criadas, desde la cocina, que hacían eco:

—¡... nudo!

Por suerte, en la casa estaba el abogado Sciortino, que controló la situación y calmó a la marquesa. Así, el capitán consiguió hablar con la menor de edad.

A las cinco en punto, Teresi se presentó en la casa de don Anselmo.

—Ha llegado Catarina.

—¡Don Anselmo, quisiera pedirle un favor!

—Dígame.

—Quisiera hablar a solas con Catarina.

—¿Y por qué no puedo estar presente? —espetó don Anselmo, ofuscándose de repente.

—Porque tal vez haya cosas que no me diría en

presencia de su amo. Le pido este favor en su propio interés.

—Como usted quiera. Entre en mi despacho, que se la mando de inmediato.

—Yo no hice nada —dijo Catarina apenas entró. Estaba muy asustada, las manos le temblaban.

—Y nadie te está diciendo que hayas hecho algo.

—¿Usted es abogado?

—Sí.

Catarina se puso a llorar y a dar voces:

—¡Qué desventurada soy! ¡Qué desgracia más grande en mi casa! ¡Jesús, María y José, pensad en mi vida! ¡Desventura!

—¿Por qué dices eso?

—Don Anselmo me quiere mandar a juicio.

—Pero ¿qué se te pasa por la cabeza? ¿Por qué debería mandarte a juicio?

—¡Porque no cuidé de mi hija, que se quedó embarazada!

—Oye, Catarì, don Anselmo no quiere hacerte nada, créeme. Y, además, no estoy aquí como abogado, sino como amigo de don Anselmo.

—¿De veras?

—De veras.

—¿Nada de papeles escritos?

—Nada.

La mujer se calmó un poco.

—¿Y qué quiere saber?

—Tratar de entender cómo se quedó embarazada tu hija.

—Ella dice que fue el Espíritu Santo.

—Oye, el Espíritu Santo es el Espíritu Santo. Por

eso, no tiene cuerpo, ¿me entiendes? Yo quiero saber por ti qué hicisteis el domingo después de haber oído misa.

—Fuimos a comer a casa de mi hermana.

—¿Y os quedasteis allí hasta las cuatro?

—A veces..., a veces...

Teresi tuvo una especie de escalofrío en la espina dorsal. Fingió no estar demasiado interesado, encendió un cigarro y dio algunas caladas.

—¿Me estabas diciendo que a veces...?

—A veces, apenas después de comer, vuelve a la iglesia. Pero yo la acompaño.

—¿Y te quedas esperándola?

—No, señor. Me dice: «Mamá, vuelve a buscarme dentro de una hora o una hora y media». Y es lo que yo hago.

El abogado empezó a toser, el humo del cigarro se le había atravesado.

—Y oye una cosa. Cuando vuelves a buscarla, ¿encuentras a otras personas con ella?

—Bah..., a veces había otra muchacha.

—¿Y hombres?

—¡Hombres, nunca!

—¿Y alguna vez Totina estuvo en la iglesia más de una hora o una hora y media?

—En la iglesia, nunca. Pero, la vez que hubo un retiro, estuvo medio día.

Mientras iba hacia el cuartel de los carabineros para hablar con el capitán, no conseguía sacarse de la cabeza las palabras de Rosalía que le había referido el doctor del hospital. La penitencia es como el pecado.

Y, de pronto, el significado de aquellas palabras se le apareció con claridad delante de él, lo deslumbró, lo paralizó tanto que por poco una carroza le pasó por encima. Se recuperó solo porque por un momento había conseguido borrar aquel significado, no podía creerlo.

—Si ha venido a hablarme del marqués Cammarata, usted sabe bien, como abogado, que el asunto ya no es de mi competencia —dijo el capitán, tendiéndole la mano.

—No he venido por eso. Y le agradezco que me haya recibido.

—Dígame.

—¿Le han comunicado que Rosalía Pampina se ha suicidado esta mañana al amanecer?

—Dios mío, no —repuso Montagnet—. ¡Pobre muchacha!

Luego miró con atención a Teresi.

—Pero ¿cómo sabe usted de esta desventurada joven?

—Porque he cometido una indiscreción.

—¿Ha leído el informe que había dejado sobre el escritorio?

—Sí. Trabajo también como periodista, ¿sabe?

—Lo sé. Leo sus artículos por el deber de estar informado.

—¿Solo por deber?

El capitán fingió no haber oído, continuó hablando.

—Aquella muchacha..., Rosalía..., la noche en que escapó por el miedo al cólera, fue raptada por el bandolero Salamone, quien la violó repetidamente. La liberó el teniente Villasevaglios. Se ve que no ha superado...

—Primero —dijo Teresi.

—No he entendido, perdone.

—Primero la violó el bandolero Salamone, luego, sintiéndose culpable, pidió ir a confesarse.

—Lo sé. He hablado con el párroco.

—¿Y qué le ha dicho?

—Que llegó cuando estaba cerrando la iglesia, que insistió en confesarse y que inmediatamente después salió. Pero me consta que no fue directa a su casa, volvió cerca de una hora y media después. Dado que la señora para la que trabajaba me dijo que desde aquel momento ya no habló y ya no quiso comer ni beber, las explicaciones posibles son dos: el efecto de las violaciones se hizo sentir después de la confesión, o al volver tuvo otro mal encuentro que le resultó fatal.

—*¿Tertium non datur?* —preguntó el abogado.

—No veo cómo...

—Capitán, el médico del hospital me dijo que Rosalía la tarde anterior parecía haber mejorado, hasta el punto de volver a hablar. Repitió en dialecto dos veces la misma frase, que le traduzco: la penitencia es como el pecado.

Montagnet lo miró atónito.

—La penitencia es como el pecado —repitió en voz baja.

Luego entendió.

Se puso de pie de un salto y perdió de golpe todo aplomo piamontés y militar:

—¡Joder! —exclamó.

A continuación, se sentó y se pasó la mano por la frente.

—Perdone —musitó un poco abochornado porque se le había escapado una palabrota—. Permítame.

Se aflojó la corbata y el botón del cuello de la camisa.

—Mire que eso no es todo —continuó Teresi—. Hace poco he hablado con la madre de una de las jóvenes misteriosamente embarazadas.

—¿Quién?

—La hija del aparcero de don Anselmo Buttafava. Se llama Totina.

—Lo sé.

—Totina el domingo viene del campo para oír misa y luego, a veces, vuelve a la iglesia y se queda a solas con el párroco. Dice que su criatura fue concebida por virtud del Espíritu Santo.

—Más o menos la misma respuesta que me han dado las dos jóvenes a las que he interrogado hoy —explicó el capitán—. Una me ha dicho que fue la voluntad de Dios y la otra me dijo que el fruto de su vientre fue voluntad del Señor.

—Entonces, capitán, atemos cabos. Todas estas jóvenes embarazadas frecuentaban con asiduidad sus iglesias. No se encontraban cara a cara con más hombres que los curas. ¿Qué hay en la encella?

—¿Qué es la encella?

—Es un pequeño recipiente de mimbre en forma de *cannolo*, pero cerrado en un extremo, que solo sirve para contener un poco de requesón. Entonces, capitán, valor. ¿Qué hay en la encella?

—Requesón —respondió Montagnet, apretando los dientes.

—Estamos de acuerdo —dijo Teresi—. Pero no tenemos ninguna prueba.

—Algo se podría hacer, para comenzar —indicó el capitán—. También la joven hija del aparcero está embarazada de dos meses, ¿no?

—Sí.

—Como las otras tres.

—¿Ha interrogado a la cuarta?

—No. Es mayor de edad, no me concierne. Y no le doy el nombre. Por tanto, hay una pregunta precisa que debemos hacernos: ¿qué ocurrió en las iglesias de Palizzolo hace dos meses?

—Si consiguiéramos saberlo...

Montagnet tuvo una idea. Se levantó, fue a la puerta, la abrió y salió. Volvió al cabo de cinco minutos.

—He hablado con el sargento Sciabbarrà.

—¿Llevará a cabo una investigación?

—Casera. Su mujer es muy devota, va a la iglesia todos los días.

—Capitán, perdone, pero la señora, si es tan devota, podría ser la persona equivocada.

—No creo. Tiene cincuenta años. Y no es... apetecible.

—Pongamos que la señora nos diga qué ha ocurrido. Sin duda, no habrá estado presente. Y, por tanto, tendremos un indicio más, pero aún ninguna prueba.

—Eso es verdad. Y no creo que sea fácil obtener pruebas.

—Por tanto, no llegaremos a ninguna conclusión.

—Quizá sería oportuno poner en alerta a los culpables y esperar su siguiente movimiento. ¿Le parece bien?

—Perfecto. Pero ¿cómo logramos ponerlos en alerta?

Montagnet esbozó una sonrisita.

—Usted es periodista, ¿no?

—Un momento. Si yo escribo abiertamente sobre este asunto, recibiré como mínimo ocho o nueve querellas por difamación.

—¿Y quién le dice que escriba abiertamente sobre este asunto? Utilice su habilidad para insinuar, aludir, dejar caer que... Los periodistas sois maestros en este terreno. Se trata de hacer sonar la campanilla de alerta. Solo eso.

También eso era verdad. Golpearon a la puerta y entró el sargento Sciabbarrà. Saludó a la manera militar. Las preguntas las hizo solo el capitán.

—¿Ha hablado con su mujer?

—Sí, señor.

—¿Qué le ha contado?

—Que ha oído decir, pero no recuerda por quién, que en el convento de las Benedictinas, que desde hace un año está vacío, se había celebrado una reunión por un premio.

—¿Hace dos meses?

—Más o menos.

—¿De qué se trataba?

—De un premio dado a las parroquianas más devotas.

—¿En qué consistía?

—En una media jornada de ejercicios espirituales celebrados por los párrocos de las iglesias de aquí.

—¿Y los párrocos habían hecho abrir expresamente el convento para la ocasión?

—Sí, señor.

—¿Puede decirme algo más?

—No, señor.

—Perdone una pregunta personal, sargento.

—A sus órdenes.

—¿Cómo es que su señora, que me consta que es una mujer de gran devoción, no fue invitada?

—La reunión estaba reservada a las jóvenes, casadas o no, de dieciséis a veinticinco años.

# Capítulo x
## El abogado monta la trampa

Teresi salió del cuartel cuando las vísperas habían sonado hacía rato y se dirigió hacia la plaza Garibaldi, donde estaba la iglesia dedicada a San Cono. Cuando llegó, el portón de la iglesia ya estaba cerrado. Miró el reloj, eran casi las siete. Y solo entonces estaba empezando a oscurecer. El párroco, don Filiberto Cusa, había dicho al capitán que Rosalía había llegado cuando estaba cerrando y que inmediatamente después de la confesión se había ido. Calculando que había tardado una media hora en contarle al cura lo que le había hecho el bandolero Salamone, debía de haber salido, por fuerza, cuando aún era de día. Era difícil pensar en un mal encuentro, como había supuesto el capitán. Aquella aún no era hora de malos encuentros, había gente por la calle, todos los que habían escapado del cólera y que ahora volvían, la casa del notario Giallonardo, que no estaba a más de cincuenta metros de distancia, el ultramarinos, justo frente a la iglesia, aún abierto, y alguien, que quizá era el propietario, sentado en una silla de paja al lado de la entrada...

¿Y si estaba también aquella maldita tarde en

que Rosalía entró en la iglesia? No perdía nada con preguntar. En el letrero de encima de la tienda ponía: ULTRAMARINOS GERARDO PACE.

—Buenas tardes, señor Pace.

—Buenas tardes —correspondió asombrado el hombre.

Dentro de la tienda no había nadie. Vio sobre el mostrador tres o cuatro hormas de queso fresco y otros quesos, entre ellos un *caciocavallo*, un queso de pasta dura. Debía de ser la especialidad de la casa.

—Estoy buscando *caciocavallo* de Ragusa. Un amigo mío, el notario Giallonardo, me ha dicho hace poco que usted tiene.

El hombre se levantó. Era gordo y sudoroso.

—Claro que tengo. Soy el único que tiene en todo el pueblo.

Entró a la tienda seguido por el abogado.

—¿Cuánto quiere?

Mejor ganarse su amistad.

—Una horma entera.

A Gerardo Pace le brillaron los ojos. No debía de tener un gran volumen de negocio. Estaba claro que iba a salvar el día con ese único cliente.

Mientras el comerciante pesaba el *caciocavallo*, Teresi se devanaba el cerebro para ver cómo llevar la conversación hacia donde quería. Pero la pregunta que le dirigió Gerardo Pace lo dejó de piedra.

—¿Se tienen noticias de Rosalía? —Dado que le había dicho que era amigo íntimo del notario, era lógico que el comerciante...—. Tengo mucho afecto por esa muchacha. Siempre viene aquí para hacer las compras. ¿Qué dicen en el hospital?

—Aún no se pronuncian.

—¡Me imaginaba que era algo grave! Fui yo quien la acompañó a casa del notario cuando la vi salir de la iglesia.

—¿Usted la vio salir por el portón?

—Por el portón no. Salió por la portezuela de al lado, la que da a la sacristía. Pero, créame, ¡no se sostenía en pie! No hablaba. Yo le preguntaba: «¿Qué te pasa, Rosalía?». ¡Y ella muda! ¡Desdichada, me dio una pena!

—¿Recuerda qué hora era?

—Podían ser las ocho y veinte, algo así, porque yo cierro a las ocho y media y recuerdo que, después de acompañar a Rosalía, volví para cerrar. ¿Desea algo más?

—Sí —respondió de golpe Teresi—. Una horma entera de *provolone* dulce. Y aquel queso de allí.

—Pero ¿cómo hará para llevarse todo esto? ¿Quiere que lo acompañe?

El señor Pace lo habría acompañado con la banda.

—Hagamos lo siguiente. Usted me lo envuelve todo, yo pago y mañana por la mañana pasa mi sobrino para recogerlo todo. Una curiosidad. ¿Dónde vive don Filiberto Cusa?

—Tiene tres habitaciones encima de la sacristía. Se sube por una escalera de madera desde la misma sacristía.

—¿Te conoce el padre Filiberto Cusa? —preguntó Teresi a Stefano mientras estaban comiendo junto a Luigino, que ahora se levantaba de la cama cuando quería. El doctor Palumbo había dicho que al cabo de dos días podría volver a su casa en Salsetto.

—No. Él no me conoce a mí ni yo lo conozco a él. ¿Quién es?

—El párroco de la iglesia de San Cono. Al menos, ¿sabes dónde está la iglesia?

—Eso sí.

—Bien. ¿Tenemos en casa un trozo de tela negra?

—Me parece que sí.

—Bien, corta una tira y te la coses en el brazo izquierdo de la chaqueta.

—¿Como si estuviera de luto?

—Sí, señor. Y si tienes una corbata negra, póntela también.

—¿Estoy de luto?

—Sí, señor.

—¿Y quién murió?

—Tu prima, Rosalía Pampina, la hija de una hermana de tu madre. Se ha matado mientras estaba ingresada en el hospital.

—¿Por qué se ha matado, desdichada?

Teresi le contó todo de la muchacha y también le contó la conversación que había mantenido con el dueño del ultramarinos.

—Lo que me ha dicho Pace confirma la sospecha que el capitán y yo hemos tenido. A Rosalía la violaron dos veces: la primera, el bandolero Salamone; la segunda, el padre Filiberto Cusa.

—¿En la iglesia? —preguntó Stefano, que aún no podía creerlo.

—He sabido que desde la sacristía se sube al apartamento del párroco. Se la habrá llevado a casa.

—¿Y qué quiere que le vaya a decir al cura, así de luto?

—Espera a que acabe la misa, luego vas a la sacristía y le dices, siempre mirándolo con atención: «Rosalía se ha matado». Luego, después de que él se haya tragado la noticia, le dices que quieres hablar con él en un lugar seguro, que debes contarle algo importante. Tienes que conseguir que te lleve a su casa. Cuando estéis solos, le revelas que Rosalía, la tarde anterior a tirarse por la ventana, habló contigo y te lo confesó todo. Dile también que estaba presente un enfermero.

—¿Y después?

—Y después lo chantajeas. Le dices que, para empezar, te debe dar dos mil liras.

—¿Y si es inocente y llama a los carabineros?

—No los llamará, puedes estar seguro. Si ocurriera, le explico el asunto a Montagnet.

En este punto, Luigino, que no había abierto la boca, dijo:

—Voy también yo con Stefano.

—¿Y quién vendrías a ser?

—El enfermero que oyó lo que Rosalía dijo a su primo. Un cómplice de Stefano. En mi opinión, así todo será más creíble.

—Está bien —consintió Teresi.

—¿Y a qué hora debemos ir a la iglesia?

—A la primera misa. A las seis.

—Joder, ¿tan temprano?

—Stefanù, hay un peligro. Si, pongamos, la señora Romilda Giallonardo le va a decir al párroco que Rosalía ha muerto, estamos jodidos. Ah, dado que sois dos, hay que recoger una horma de *caciocavallo*, una de *provolone* y otro queso de la tienda del señor Pace, que está justo enfrente de la iglesia.

A la mañana siguiente, a las seis menos cuarto, los dos jóvenes salieron para ir a la iglesia. Teresi los acompañó hasta el cruce; los nervios le impedían estar en casa esperándolos, se habría vuelto loco.

Fue a la pastelería Burruano y se zampó tres *cannoli* de requesón recién hechos. En verdad, solo quería comer uno, pero cuando los olió no pudo resistirse. Cuando salió, tenía la sensación de que, si se metía un dedo en la garganta, podría tocar la crema del requesón que le había llenado la barriga.

«Si no tomo de inmediato un café, me dará una acidez que me moriré», pensó.

Pero a aquella hora todos los cafés estaban aún cerrados. Se vio obligado a volver a casa y preparárselo él mismo. Después encendió un cigarro y comenzó a pensar si era oportuno advertir a Montagnet del engaño que le había preparado al padre Filiberto. Aunque llegó a la conclusión de que era mejor contárselo a toro pasado. Sabía que no iba a estar de acuerdo, diría que era una manera ilegal de actuar. Pero en casa no podía quedarse, se ahogaba. Miró el reloj. Había pasado una hora y no se había dado cuenta. Salió y apenas estuvo fuera de la puerta vio en la esquina a Stefano y a Luigino, que volvían. Entró en casa y fue a beber un vaso de agua, la boca le ardía.

—¡Ya está hecho! —exclamó Stefano.

Se contuvo a duras penas de ponerse a bailar.

—¿Os dio el dinero?

—No, señor. No lo tenía. Es lo lógico. Nos dijo que volviéramos esta tarde, hacia la una, que nos lo daría.

—Contádmelo todo.

Habló Stefano.

—Cuando el cura fue a la sacristía, nosotros lo seguimos y lo encontramos quitándose los paramentos. Apenas nos vio, nos dijo: «Si es algo largo, volved dentro de una hora. Debo llevar los óleos a un moribundo». Yo le respondí que era un asunto muy breve. «Entonces hablad.» Pero yo, con una mirada, le di a entender que no quería hablar delante del sacristán. Él comprendió de inmediato y le ordenó que se fuera. Apenas estuvimos los tres solos, le dije: «Rosalía se ha matado». No respondió nada, no preguntó cuándo ni dónde, nada. Tuve la impresión de que ya lo sabía. Se apoyó con las dos manos en el respaldo de una silla, bajó la cabeza y permaneció así un momento, siempre en silencio. Yo le dije que quería hablar, pero no en la sacristía, porque podía venir gente.

—¿Y cómo reaccionó?

—¿Quiere saber algo extraño, tío? Ni siquiera me preguntó de qué quería hablarle. Hizo señas de que sí con la cabeza y se encaminó hacia la escalera, manteniendo siempre la cabeza gacha.

—¡Había entendido! ¡Me juego una mano a que había entendido! —exclamó Teresi.

—Yo también pensé lo mismo —convino Luigino.

—Cuando estuvimos arriba, le conté lo que Rosalía había dicho que le había ocurrido primero con Salamone y luego con él. Y al fin, antes de que hubiera pedido el dinero, sin levantar nunca la cabeza, dijo: «¿Cuánto?». Me quedé tan extrañado que no pude responder.

—Fui yo quien le dijo: dos mil.

—¿Y él?

—Dijo, sencillamente: «Pasad hacia la una, os lo entregaré. Ahora salid por la puerta de la sacristía y cuando volváis entrad siempre por allí». Y nada más. Bajamos la escalera y el cura ni se movió.

Teresi se quedó pensativo.

—¿Qué pasa, tío?

—Hay un problema que se me ha ocurrido ahora. Por lo que me habéis dicho, queda claro que el cura se sintió responsable de la muerte de la muchacha. Cogido por sorpresa, consintió daros el dinero del chantaje. Pero ¿podemos fiarnos? Si habla con los demás curas, de seguro, ellos le harán cambiar de idea. Y estaríamos perdidos. O puede cambiar de idea él solo.

—¿No nos dará el dinero?

—Quizá os lo dé. Pero cuando intervenga yo contando la historia en el periódico, él puede siempre sostener que os habéis inventado todo el asunto, que habéis intentado chantajearlo, pero que él no os ha dado ni una lira, porque no tuvo nada que ver con la muerte de Rosalía. Y si descubre que tú, Stefano, no eres el primo de Rosalía, sino mi sobrino, y que tú, Luigino, nunca has sido enfermero en el hospital de Camporeale, acabaremos los tres en chirona.

—¿Y entonces qué hacemos? —preguntó Stefano.

—Voy a hablar con Montagnet. Así nos cubriremos las espaldas. ¿Habéis traído el *caciocavallo* y las otras cosas?

Stefano se dio una palmada en la frente.

—¡Nos hemos olvidado, tío!

Se precipitó al cuartel de los carabineros, pero el sargento Sciabbarrà le dijo que el capitán acababa de marcharse hacia Camporeale, donde lo había convocado el comandante provincial, el coronel Chiaramonte.

—¿Sabe cuándo regresará?

—No le puedo decir.

—Perdone, ¿es un secreto de estado?

—No, abogado, pero el hecho es que el coronel lo ha convocado a primera hora de la tarde, así que él ha aprovechado para ir a saludar a su familia.

Le extrañó. ¿Montagnet tenía familia? Verlo siempre uniformado, nunca un botón fuera de lugar, elegante, irreprochable, inflexible, cortés pero distante, le había hecho pensar en una especie de máquina, nunca en un hombre con los mismos sentimientos que los demás.

—¿Está casado?

—Sí, y tiene dos hijos. El niño tiene siete años; la niña, cinco. ¿Debo decirle algo cuando regrese?

—No, gracias, sargento, volveré a pasar.

¿Qué podía maquinar para hacer pasar el tiempo? Fue a ver al notario Giallonardo. Quería saber qué habían decidido, su mujer y él, para Rosalía. Y si el notario le pedía explicaciones por su interés, le respondería que quería escribir un artículo. Pero no le hizo falta preguntar nada.

—Mi marido no está —espetó la señora Romilda.

Tenía los ojos enrojecidos. Se veía que había llorado.

—¿Cuándo regresa?

—Fue a Camporeale para traer a Rosalía. ¿Sabe que se mató?

Grandes lágrimas comenzaron a caerle de los ojos.

—Lo sé.

—Perdone. Mi marido y yo le teníamos mucho afecto. Era una pobre huérfana. La acogimos en casa cuando no tenía ni diez años, desdichada. Mañana, dado que en la iglesia no se pueden hacer los funerales, la haré bendecir por el padre Filiberto, delante de la iglesia de San Cono. ¡También él le había cogido cariño a Rosalía! ¡Qué fe que tenía!

—¿Y a qué hora será esta bendición?

—Mañana por la mañana, a las nueve.

—Iré.

¡No se habría perdido por nada del mundo la bendición del padre Filiberto Cusa a Rosalía!

Al salir de casa del notario, oyó que lo llamaban. Era don Anselmo.

—¿En qué punto estamos?

—¿En el asunto de Totina?

—¡Claro!

Decidió contarle una mentira para tenerlo tranquilo.

—No puede ser el marido de la hermana de la mujer de su aparcero.

Frase complicada, pero se había olvidado de los nombres, con la excepción del de Totina.

—¿Por qué?

—Es verdad que tiene ochenta años, como dice usted, pero viéndolo parece que hubiera pasado los noventa. Ese no es capaz ni de respirar.

—¿Lo ha visto en persona?

—Claro. Con estos ojos. Yo a mis clientes siempre les sirvo honradamente.

—¿Se está haciendo una cierta idea de quién puede haber sido?

—Estoy recogiendo información, don Anselmo.

—Se lo ruego: si lo descubre, el primero en saberlo debo ser yo.

—Pero ¿me explica por qué le interesa tanto saberlo?

—Para pegarle un tiro.

—Perdone, pero ¿usted qué tiene que ver? No es el padre, el marido, el hermano...

—¡Es verdad! ¡Pero le voy a pegar un tiro de igual modo! Hace veinte años que la alimento, le compro cosas, le doy dinero a escondidas de mi mujer, y ella ni una caricia, ni un besito... ¿Luego llega un cualquiera y en un abrir y cerrar de ojos la deja embarazada?

Trazó un plan. Volver a casa, prepararse un litro de manzanilla, bebérsela, darse un baño, cambiarse, porque estaba sudado, y a las doce y media pasar por el cuartel y preguntar por Montagnet. Si por casualidad estaba, cosa imposible dado que el coronel lo había convocado para después del almuerzo, se lo contaría todo. Si no estaba, solo le quedaba ponerse delante de la iglesia, mirar las palomas y esperar a su regreso.

Los muchachos no estaban en casa. La chaqueta con la manga de luto se encontraba colgada de la percha. Stefano debía pasar a ponérsela. Al lado estaba la corbata negra. De pronto, se quedó helado. ¡Virgen santa, cuántos errores habían cometido aquella mañana! Menos mal que era temprano y no había gente por la calle. ¡Porque cualquier persona que lo conociera a Stefano o a él, al verlo de luto, le habría preguntado, sin duda, quién había muerto en la familia! Fue al dormitorio del muchacho, cogió el abrigo del armario y lo llevó a la antecámara. Luego hizo lo que había planeado y, mientras estaba saliendo del baño, oyó a Stefano, que regresaba. Se vistió deprisa. Eran las doce y media.

—¿Y Luigino?

—Me espera cerca de la iglesia.

—Yo voy al cuartel de los carabineros para ver si está Montagnet. Ah, oye, ponte el abrigo, está en la antecámara.

—¿Por qué?

Teresi le explicó el motivo.

—¿Y si me preguntan por qué llevo el abrigo?

—Les respondes que estás engripado. ¿En el pueblo están todos engripados y no puedes estarlo tú?

—No, el señor capitán no ha aparecido.

Se desanimó. Estaba seguro de que el padre Filiberto le daría el dinero a Stefano, pero en cuanto él hiciera público el asunto, el cura sostendría que nada era verdad, que se trataba de una invención del conocido anticlerical Matteo Teresi, compinchado con su sobrino Stefano para arrojar fango sobre la iglesia. El cerebro le decía que fuera volando a San Cono y detuviera a los dos muchachos. El instinto, en cambio, le decía que su plan podía funcionar. Ganó el instinto.

Volvió a la carrera a casa, se desvistió, se quedó en calzoncillos y se tumbó encima de la cama con la cabeza debajo de la almohada.

Luego, poco después, oyó que la puerta de casa se abría y cerraba. Sacó la cabeza. Oyó que los dos muchachos estaban en la cocina, pero no hablaban ni reían. ¿Qué había ocurrido?

Salió tal como estaba. Stefano ni siquiera se había quitado el abrigo, se había sentado en una silla y bebía un vaso de agua. Estaba pálido. Luigino también se había sentado, se sostenía la cabeza entre las manos.

Ninguno de los dos parecía haber advertido su presencia.

—¿Qué ha pasado?

No respondieron.

—Por Dios, ¿me decís qué ha sucedido? —espetó Teresi, levantando la voz.

—El párroco se ha ahorcado —dijo Luigino.

Teresi sintió que la tierra se hundía bajo sus pies. La trampa que le había preparado al cura había funcionado demasiado bien. ¡Maldito el momento en que había tenido esa ocurrencia!

—¿Os han visto entrar y salir?

—No.

—¿Cómo ha sido?

—Entramos por la puerta de la sacristía, que estaba abierta —explicó Luigino—. Subimos y él estaba allí, en su propia habitación. Colgaba del techo. Era... horrible. En la mesa había un sobre.

—¿Lo has cogido?

—Sí. Lo he puesto en el bolsillo de Stefano. Literalmente he tenido que arrastrarlo fuera. Estaba atónito, no conseguía moverse.

Teresi miró a su sobrino. Tenía los ojos fuera de las órbitas, fijos. Se le acercó, le puso una mano en el bolsillo, sacó el sobre y lo abrió.

> No tendréis el dinero que queríais porque no he conseguido encontrar a nadie que me lo prestara. En cambio, he aquí mi confesión. He abusado durante mucho tiempo, de manera innatural, de Rosalía Pampina, mi parroquiana, haciéndole creer que se trataba de prácticas secretas para conjurar las tentaciones y llegar pura al matrimonio. Pero la tarde en que vino a confesarme la violación sufrida por el bandolero Salamone, no sé qué me pasó. Es exacto lo que dijo Rosalía, es decir, que la penitencia fue como el pecado. Podéis vender mi carta a algún periódico, quizá obtengáis más de lo que me habíais pedido.

Después solo estaba la firma.

—Hazme un favor —dijo Teresi a Luigino—. Ve a buscar al doctor Palumbo y hazlo venir. Temo por Stefano.

# Capítulo XI
## Una muerte incómoda

Fue el sacristán Virgilio Bellofiore quien descubrió el cuerpo del padre Filiberto y de inmediato en el pueblo se produjo una conmoción casi igual a la de la jornada del cólera de don Anselmo.

El sacristán, al correr hacia fuera, espantado como estaba, metió un pie en el vacío y rodó escaleras abajo, y se rompió la nariz. Se levantó y salió a la calle con la cara ensangrentada y dando voces desesperadas:

—¡El padre Filiberto se ha matado!

Enseguida la frase pasó de boca en boca de centenares de personas. Los que se encontraban por la calle la repitieron a los que estaban en las ventanas, los que estaban asomados a las ventanas la gritaron a los de los balcones, los que estaban en los balcones la vociferaron a los de las terrazas, y los que estaban en las terrazas la dijeron al viento, y el viento se la llevó consigo hasta los campos más cercanos a Palizzolo.

Entonces ocurrió que quien estaba comiendo no terminó la comida, quien dormía se despertó, quien estaba amamantando acostó a la criatura aunque esta se pusiera a llorar, quien estaba trabajando en el huerto soltó la azada, quien se estaba muriendo consiguió aplazar la muerte y hasta quien estaba haciendo el amor lo dejó a medias.

Y todos aquellos que podían corrieron hacia la iglesia de San Cono, llenaron la plaza Garibaldi, abarrotaron las calles cercanas.

—¿Es verdad que se ha matado?

—Eso parece.

—Pero ¿es verdad o no?

—Es verdad.

—¿Y cómo se ha matado?

—Con veneno para ratas.

—Se ha pegado un tiro.

—Se ha tirado por el balcón.

—Con el humo de la carbonilla.

—Se ha colgado de una viga con una cuerda.

—Se ha dado una cuchillada en el corazón.

—¿Por qué?

—Se ha vuelto loco.

—Era jugador. Había perdido mucho jugando a las cartas.

—¡Pero si ni siquiera sabía qué eran las cartas!

—Estaba enfermo.

—Tenía deudas.

—Había discutido con el obispo.

—Ya no creía en Dios.

—¿Dejó algo escrito?

—Nada.

—¿Cómo que nada? ¡Alguien que se mata deja siempre escrito el motivo!

—¡Es extraño!

—¡Muy extraño!

—Puede ser que haya escrito al obispo.

—Puede ser que haya escrito una carta, pero la hayan hecho desaparecer.

—¿Y quién?

—¡Bah! El sacristán, por ejemplo.

—¿Y por qué la habría hecho desaparecer?

—Tal vez había escrito cosas comprometedoras.

—¡Bah!

—Tengo una duda.

—¿Y si no se ha matado?

—¿Cómo que no se ha matado?

—¿Y si lo han matado y han fingido que se mató?

—¿Y por qué el sacristán tenía la cara ensangrentada?

—Quizá sorprendió al asesino.

—Pero, entonces, ¿por qué gritaba que el párroco se había matado?

—Lo habían amenazado: si no decía eso, lo mataban también a él.

—¡No digáis tonterías!

—¿Quién podía matar a don Filiberto?

—No tenía enemigos.

—Solo hacía el bien.

—Ayudaba a todos.

—Para todos tenía una buena palabra.

—¡Se desprendía de lo suyo para dárselo a los demás!

—¡Era un caballero!

—¿Caballero? ¡Un santo!

—¡Un santo! ¡Un santo! ¡Un santo!

La multitud, exaltada, empezó a moverse hacia

delante, quizá para entrar en la iglesia y ver de cerca el cuerpo o quizá para desahogar de algún modo todos los nervios pasados en los últimos días, del cólera al arresto del marqués Cammarata.

—¡Santo! ¡Santo! ¡Santo!

—¡Derribemos la puerta de la iglesia!

—¡Cojamos al santo!

—¡Llevémoslo en procesión por el pueblo!

Los seis carabineros que habían formado un cordón de seguridad comenzaron a retroceder.

El sargento Sciabbarrà se vio perdido. Si el gentío conseguía adueñarse del cadáver, lo despedazaría de inmediato para tener una reliquia por cabeza.

Sin pensarlo dos veces, desenfundó el revólver y disparó tres veces al aire. Todos huyeron. Con la excepción del contable Michele Orlando, de ochenta años, que se quedó tumbado en el centro de la plaza víctima de un infarto.

Mientras tanto, el sacristán se había precipitado a la iglesia más cercana, que era la de San Juan. El portón estaba medio cerrado; él entró y casi chocó con el padre Alessio Terranova, el párroco, que estaba a punto de cerrarlo.

—¡El padre Filiberto se ha matado!

Don Alessio se quedó con el pie izquierdo levantado, no logró terminar el paso.

—¡¿Qué coño dices?!

—¡Se ha matado! ¡Se ha colgado de una viga! ¡Lo he visto con mis propios ojos!

El padre Alessio apoyó el pie en el suelo.

—¿Ha dejado algo escrito?

—¡Yo no he visto nada! ¡Estaba muy asustado!

—¡Lávate la cara!

Bellofiore, que no se esperaba estas palabras, no le entendió.

—¿Qué dice?

—Lávate la cara. Está toda ensangrentada.

—Voy a la sacristía.

—No pierdas tiempo. Lávatela aquí, con el agua bendita de la pila bautismal. Y luego avisa a los padres Raccuglia, Scurria, Samonà, Marrafà y Pintacuda.

—Se ha olvidado del padre Dalli Cardillo.

—No me lo he olvidado. No es necesario que vayas a buscar al padre Dalli Cardillo. Debes decirles a todos que como máximo dentro de un cuarto de hora deben estar aquí.

—Oye, del tribunal nos han hecho saber que por ahora no hay ningún magistrado disponible.

—¿Qué significa «por ahora»? —preguntó el sargento Sciabbarrà a su colega Ciaramiddaro, que estaba del otro lado del hilo.

—Significa que antes de mañana ningún magistrado de Camporeale puede ir a Palizzolo.

—¿Y yo dejo hasta mañana al cura colgando de la viga?

—¿Te puedo hacer una sugerencia? Corta la cuerda que lo sujeta y luego, cuando te lo pregunten, dices que lo has hecho porque te había parecido que el cura aún estaba vivo.

—Está bien, ¿y después qué hago con el cadáver?

—Monta un catafalco con el somier de la cama y lo expones en la iglesia.

—¿Qué tonterías dices?

—¿Por qué?

—¡Porque después vendrá el obispo y me dará por detrás! ¡Ese está excomulgado, puesto que se ha matado!

—Es verdad. Espera, que le pregunto al capitán.

Pasaron tres minutos durante los cuales el sargento Sciabbarrà condenó su alma, blasfemando.

—¿Sciabbarrà? El capitán quiere saber si en la sacristía hay baúles.

—Sí, dos o tres.

—Espera un minuto.

El sargento tuvo tiempo de agotar todas las blasfemias que conocía.

—¿Sciabbarrà? Dice el capitán que bajes el cadáver a la sacristía y provisionalmente lo metas en un baúl.

—¿Y luego?

—Luego ya veremos. Y no dejes entrar a nadie en la sacristía.

Su excelencia reverendísima Egilberto Martire, obispo de Camporeale, después de comer solía echarse media horita de siesta. La orden que había dado era:

—¡No me despertéis por ningún motivo! ¡No me toquéis las narices ni que suenen las trompetas del juicio universal!

Por tanto, su secretario, el padre Marcantonio Panza, planteó el problema al segundo secretario, el padre Costantino Perna.

—Padre Costantino, me acaba de telefonear el alcalde de Palizzolo. Parece que el párroco de San Cono, el padre Filiberto Cusa, se ha suicidado.

—¡¿Suicidado?! ¡Virgen santa! ¡Algo inaudito! ¿Están seguros?

—Por eso he decidido ir de inmediato a Palizzolo. Quiero verificarlo en persona. Informaré a su excelencia por teléfono. Y usted, cuando despierte, cuénteselo todo con suma cautela.

El sargento Sciabbarrà, ayudado por el cabo Magnacavallo y por dos carabineros, hizo lo que le había dicho el capitán y, por seguridad, sobre el baúl puso no solo los paramentos que había encontrado dentro, sino también cuatro pesados candelabros de bronce. Luego dejó al cabo y a los dos carabineros de guardia en la puerta de la sacristía para que no permitieran entrar a nadie y volvió al cuartel.

Media hora después, el cabo vio que se presentaban seis curas a los que conocía.

—Hemos venido a bendecir el cuerpo de nuestro desventurado hermano —dijo el padre Alessio Terranova, compungido, apartando la capa y dejando entrever barreño y aspersorio.

El cabo Magnacavallo sintió un sudor frío. ¿Y ahora qué les contaba a los sacerdotes? ¿Les podía decir que lo habían metido dentro de un baúl? Luego tuvo una idea.

—Ya no está aquí.

—¿Y dónde está?

—Lo han llevado... a la estación.

—¿Y adónde lo mandan con el ferrocarril?

—No, señor, a nuestra estación, el cuartel de los carabineros. Pero nadie puede verlo.

—¿Por qué?

—¡Bah! Orden del juez de Camporeale.

Los seis curas se alejaron un paso y se pusieron a confabular entre ellos.

Luego el padre Pintacuda volvió a la carga.

—Necesitaríamos ir a la vivienda de nuestro pobre hermano.

—No es posible. Tengo la orden de...

—Usted no puede tratarnos así —se puso a despotricar el padre Marrafà.

—¡No somos ladrones! ¡Somos curas! —espetó a gritos el padre Scurria.

—¡Y usted, cabo, nos conoce muy bien! ¡Sabe quiénes somos! —aulló el padre Raccuglia.

Las ventanas de la casa de enfrente se abrieron, aparecieron algunas caras.

Solo faltaba otro follón.

—Entren —concedió el cabo.

Cinco minutos después de la apertura vespertina del círculo, que estaba establecida a las tres de la tarde, el salón ya se encontraba abarrotado. El notario Giallonardo recibía las condolencias de los socios, como si fuera un pariente del padre Filiberto.

—Pero a usted, notario, la última vez que habló

con él, ¿cómo le pareció que se encontraba? —preguntó el presidente, don Liborio Spartà.

—Bah, la última vez... se puso a llorar.

—¡¿A llorar?! El padre Filiberto, que parecía un hombre tan fuerte...

—¡Tenía treinta y nueve años, desdichado! —exclamó el coronel Petrosillo.

—¿Y qué tiene que ver esa observación? ¡Treinta y nueve o cuarenta, el hecho es que lloraba! —le recriminó don Anselmo Buttafava.

—Señores, quisiera aclarar que se trató de una ocasión especial —continuó el notario.

—¿Nos la puede contar? —preguntó el profesor Malatesta.

—No es un secreto. Dado que anteayer mi criada, Rosalía, se mató tirándose desde el cuarto piso del hospital de Camporeale...

—¿Su criada se mató? —preguntó don Stapino Vassallo.

—¡Se lo acabo de decir!

—Sí, pero ¿por qué?

—No lo entiendo.

—Pero ¿quieren dejarlo terminar de hablar? —exclamó don Serafino Labianca.

—... yo entonces fui a casa del padre Filiberto —prosiguió el notario— y le pregunté si quería bendecir a la muerta. Él respondió que sí y se puso a llorar.

—Pero la pregunta sigue siendo la misma: ¿por qué se puso a llorar? —interrogó don Serafino.

—Rosalía era parroquiana suya.

—Notario, si cada párroco llora por cada feligrés

que se le muere, dentro de un mes se queda ciego, créame.

—¡Pero él le tenía un cariño especial a Rosalía!

—Ah, ¿sí?

—¡Sí! La quería, la estimaba, decía que era una buena muchacha, respetuosa, devota... A menudo pasaba largos ratos con ella en la sacristía...

—¿En la sacristía? —repitió el presidente Spartà.

—Sí, ¿qué tiene de extraño? ¿El catecismo no se hace en la sacristía?

—¡Bah! —espetó don Serafino.

—¿Qué pretende decir con ese bah?

—Notario, ¡que dos más dos son cuatro!

—¡Yo también soy de la misma opinión! —intervino el coronel Petrosillo.

—Pero ¿de qué opinión estamos hablando?

—Notario, la cosa es sencilla: el padre Filiberto se mató porque estaba enamorado de Rosalía —espetó, sin rodeos, don Serafino.

—¡Y Rosalía se mató porque también ella estaba enamorada del padre Filiberto! —añadió el coronel, con un suspiro—. ¡Un amor imposible!

—Usted, coronel, sabe muy bien que no existen los amores imposibles —repuso don Anselmo.

El coronel se lo tomó mal.

—¿Qué está insinuando?

—Solo estoy diciendo que, si se querían tanto, el cura podía perfectamente colgar los hábitos e irse con la muchacha. ¡No sería la primera ni la última vez!

—¡La carne es débil! —suspiró el coronel.

—Pero —dijo el presidente Spartà— esta del enamoramiento no es una hipótesis que pueda descartarse. Por casualidad, ¿Rosalía estaba embarazada?

—¡No diga tonterías! —saltó el notario—. El padre Filiberto era un santo, como dice la gente.

—Santidad y amor terrenal pueden convivir perfectamente —sentenció el coronel.

Una hora después se celebró otra reunión en el castillo del duque Ruggero d'Altomonte. Con la excepción del marqués Cammarata, estaban todos los nobles.

—¿Qué es esta historia del párroco de San Cono? —preguntó el barón Roccamena.

—En el círculo decían, hace poco, que se mató por amor a una parroquiana a la que parece que había dejado embarazada —respondió el barón Piscopo.

Al oír aquella palabra, «embarazada», el barón Lo Mascolo palideció.

—¿Por qué nos ha hecho venir aquí? —le preguntó el barón Roccamena al marqués Spinotta.

—Porque el otro día usted me pidió que telefoneara a mi primo el duque Simone Loreto de San Loreto.

—¿Lo ha hecho?

—Claro que lo he hecho.

—¿Y el duque?

—Me dijo que se interesaría de inmediato. Y hace dos horas me ha llamado.

Hizo una pausa de efecto. Durante la cual se oyó un hilo de voz del duque Ruggero, que decía:

—¡Todo es culpa de la Revolución francesa!

—¿Entonces? —apremió el barón Roccamena.

—Me ha dicho que el comandante provincial de los carabineros, el coronel Chiaramonte, ha convocado al capitán Montagnet para comunicarle que debe regresar de inmediato a Camporeale. Y así nos lo habremos quitado de encima —concluyó el marqués en medio del jolgorio general.

En cambio, no sabían que el capitán Montagnet estaba volviendo a Palizzolo.

Había sucedido que, hacia las tres de la tarde, mientras el capitán esperaba a que el coronel lo convocara, había llegado otra llamada telefónica del sargento Sciabbarrà.

—Ciaramiddaro, quiero hablar urgentemente con el capitán Montagnet.

—No es posible, está en la antecámara del coronel.

—¿Puedo hablar con el ayudante, Sinibaldi?

—Te lo paso.

—Hola, Sciabbarrà, ¿cómo estás?

—Señor mayor, en la antecámara del coronel está el capitán Montagnet. Necesito hacerle saber que aquí en Palizzolo la situación ha vuelto a ponerse difícil.

—¿En qué sentido?

—Un párroco se ha suicidado, el padre Filiberto Cusa.

—¿Y...?

—Ha habido enfrentamientos entre algunos parroquianos del padre Filiberto y otros fieles de otras iglesias. Estos últimos sostenían que el padre Filiberto había seducido a una joven feligresa y los demás han reaccionado. De momento, dos heridos de arma blanca. De momento.

—¿Temes complicaciones?

—Claro, como la muerte.

—Está bien, gracias.

El ayudante sabía que el coronel se lo habría comunicado a Montagnet y, por eso, en vez de hablar con el capitán, llamó directamente al comandante Chiaramonte.

Así que Montagnet, cuando fue recibido, oyó que el coronel le decía que «de arriba» había llegado la orden de hacerlo regresar de inmediato a Camporeale, pero que, dada la nueva situación que se había creado en Palizzolo por el suicidio del cura, le concedía una semana de prórroga.

El padre Marcantonio Panza, antes de salir hacia Palizzolo se había hecho redactar por el Tribunal de Camporeale un documento, escrito y firmado por el presidente Onorio Labarbera, que decía así: «El padre Marcantonio Panza, secretario de su excelencia Egilberto Martire, obispo de Camporeale, está autorizado a acceder a la iglesia de San Cono y a los locales adyacentes (sacristía, vivienda del párroco, etcétera), donde procederá a la clasificación de los objetos pertenecientes al difunto padre Filiberto Cusa y enviará dichos objetos a los familiares del párroco».

Presentó el documento al cabo Magnacavallo, que lo dejó pasar. Pero ni siquiera cinco minutos después oyó que lo llamaban desde el interior de la sacristía.

—Cabo, venga aquí, por favor.

Sintió un escalofrío. ¿Y si habían descubierto el cadáver dentro del baúl? Pero las cosas no iban por ahí, el baúl estaba como lo habían dejado.

—¿Me sigue, por favor? —le pidió el cura.

Lo siguió, subió la escalera de madera y entró detrás de él en la habitación donde el párroco se había colgado.

Se detuvo en el umbral, extrañado. Parecía que un ciclón hubiera pasado por aquella habitación. Cajones, portezuelas, vitrinas, lo habían abierto todo y habían tirado al suelo lo que había dentro de los muebles.

—Vaya a ver en la otra habitación y en el dormitorio.

En la segunda habitación, había un escritorio patas arriba, con los cajones abiertos, pero completamente vacíos. Los registros, papeles y documentos de la parroquia ya no estaban. No se veía ni una hoja.

En el dormitorio, hasta los colchones habían sido destripados.

—¿Qué razón tienen ustedes para haber hecho todo esto? —preguntó el padre Marcantonio.

—¡¿Nosotros?! ¿Nosotros? —empezó a dar voces el cabo temblando de la rabia.

—¿Y quién si no?

—¡Los otros curas a los que yo, imbécil de mí, dejé entrar!

De vuelta a la primera habitación.

—¿Está seguro de lo que dice?

—¿Qué?

—Que fueron los otros curas los que se llevaron los papeles.

—Sí, señor. Y ahora mismo voy a contárselo al sargento.

El padre Marcantonio levantó la vista y miró la media cuerda que había quedado colgando de la viga.

—¿Adónde lo habéis llevado?

—Al cuartel de los carabineros.

—Habéis hecho bien. El cuerpo no podrá entrar en la iglesia, por tanto, no habrá servicio fúnebre y no podrá ser sepultado en tierra consagrada.

El cabo puso tal cara de asombro que el padre Marcantonio se dio cuenta. Extendió los brazos.

—¿Le molesta? Pero existen reglas que debemos respetar. Quien se suicida comete un acto contra Dios.

—¿Y el conde Mortillaro?

Se le había escapado, se mordió los labios. Dos años antes, el conde Mortillaro se había pegado un tiro en la cabeza. Le habían hecho un funeral solemne y lo habían enterrado en la tumba de la familia.

—Ese fue un caso muy distinto —espetó el padre Marcantonio, con brusquedad.

Ya verás, pensó el cabo Magnacavallo, que al final se acabarían llevando al muerto al cuartel y metiéndolo dentro de un armario.

Mientras Teresi estaba en su casa pensando en el artículo que debía escribir por la noche, llegó un carabinero para decirle que el señor capitán quería verlo con urgencia.

—¿Qué tiene que ver usted con todo este lío? —fue la primera pregunta de Montagnet.

—Mire, capitán, usted me había sugerido que escribiera un artículo alusivo, pero tuve la suerte de tropezar con un testigo, alguien que había visto salir a Rosalía de la iglesia después de las ocho, y entonces...

Se lo contó todo, incluso lo del falso chantaje. La cara del capitán, a medida que hablaba, se ponía cada vez más negra.

—Debería arrestarlo a usted por perturbación del orden público. Y esta vez no me equivocaría, como con el doctor Bellanca. Pero creo que usted tiene razón.

—¿En qué?

—Justo después de que se hubo esparcido la noticia del suicidio, seis párrocos se precipitaron en la vivienda de don Filiberto, la revolvieron y se llevaron todos los papeles que había. Quién sabe qué buscaban.

—Buscaban esto —respondió Teresi, sacando la carta del padre Cusa y poniéndola sobre el escritorio.

# CAPÍTULO XII
## Cuatro artículos, dos monólogos y un diálogo

Dos días después de la muerte del párroco de San Cono, Matteo Teresi estampó en el periódico que dirigía un artículo, escrito después de haberse puesto de acuerdo con el capitán Montagnet, que tenía por título *La penitencia es como el pecado*, y por subtítulo *La verdad del suicidio del padre Cusa*.

Decía así:

> Muchos, diversos y contradictorios son los rumores difundidos entre la población de Palizzolo (y también entre los habitantes de los pueblos vecinos e incluso de la capital, Camporeale) sobre las razones que habrían impulsado al padre Filiberto Cusa, de treinta y nueve años, párroco de la iglesia local de San Cono, al trágico gesto que tanto escándalo ha suscitado.
>
> Nosotros estamos en condiciones de revelar a nuestros lectores la verdad de los hechos gracias a una carta autógrafa del padre Cusa, escrita pocos minutos antes de quitarse la vida, y que nosotros hemos leído antes de entregarla debidamente a quien compete en el tribunal de la capital.
>
> En pocas y breves líneas, el padre Cusa confiesa

haber engañado durante algún tiempo a una joven e ingenua creyente suya, Rosalía P., sometiéndola a prácticas antinaturales como la masturbación y la felación, hechas pasar por ritos religioso-mágicos adecuados para preservar a la joven de las tentaciones de la carne. No revelaremos aquí los inmundos detalles. El día que en Palizzolo se extendió el rumor de una epidemia de cólera, la joven huyó al campo con otras dos amigas. Pero, por la noche, las tres mujeres tuvieron la desventura de tropezar con el bandolero Salamone, quien se encarnizó particular y largamente con Rosalía, teniéndola prisionera toda una noche y la mañana siguiente, hasta que fue capturado por el valeroso teniente de los Reales Carabineros Rodolfo Villasevaglios. De vuelta aquel mismo día a la casa donde servía como criada (pero donde la trataban como a una hija), la joven, por la tarde, pidió permiso para dirigirse a la iglesia de San Cono, que acababa de dar las vísperas, para encontrarse con el padre Filiberto. Oída la confesión de lo que el bandolero la había hecho padecer, el cura, cegado por los sentidos, convenció a la joven para que lo siguiera a la sacristía y desde allí a su apartamento superior, donde la sometió a una serie de «penitencias» que en crueldad y ferocidad no tenían nada que envidiar a las atrocidades del bandolero Salamone. Después de una hora y media, Rosalía salió trastornada por la portezuela de la sacristía y un conocido la auxilió y la acompañó a casa de sus amos. Desde aquel momento se negó a hablar, comer y beber.

El doctor Palumbo, solícitamente llamado, después de haberle prestado las primeras curas, estimó oportuno hacerla ingresar en el hospital de Camporeale.

El médico del hospital, constatada la terrible violencia ejercida sobre la joven y lo deteriorado que estaba su estado mental, denunció el hecho a los Reales Carabineros, como era su deber. De la indagación era encargado el capitán Eugenio Montagnet, quien, al interrogar al padre Filiberto, advirtió que su declaración, es decir, que había visto salir de la iglesia a Rosalía justo después de la confesión, no coincidía con el horario de regreso declarado por su ama (cerca de las ocho y media). El testimonio del individuo que ayudó a la joven, en cambio, hacía pensar que Rosalía se había entretenido en la iglesia durante una hora y media. Las cosas estaban en este punto cuando la infeliz Rosalía inesperadamente se suicidó precipitándose por una ventana del cuarto piso del hospital donde estaba ingresada. Pero la tarde anterior había vuelto a hablar para decir al doctor, en presencia también de un enfermero, esta terrible frase: «La penitencia es como el pecado».

Una frase cuyo brutal significado no escapará, desde luego, a nuestros lectores.

Entonces, el capitán Montagnet recurrió a una estratagema que puso al párroco entre la espada y la pared. Viéndose perdido, y consumido por el remordimiento, el cura prefirió quitarse la vida.

El cuerpo del padre Filiberto ha sido reclamado por su hermano Orazio, que vive en Quattrocastagni.

Hasta aquí los hechos relativos a este trágico suicidio.

Pero también hemos tenido ocasión de conocer un episodio cuando menos inquietante. Poco después de que se hubiera extendido la noticia del trágico gesto, los otros párrocos de las iglesias de Palizzolo (para ser precisos, los padres Alessio Terranova, Eriberto Raccuglia, Alighiero Scurria, Libertino Samonà, Angelo Marrafà y Ernesto Pintacuda), excepto el padre Mariano Dalli Cardillo, párroco de la iglesia del Santísimo Crucifijo, se presentaron ante el cabo de los Reales Carabineros que montaba guardia en la puerta de la sacristía y le pidieron entrar en el apartamento del padre Filiberto para bendecir el cuerpo. Ante la tajante negativa del cabo, se pusieron a despotricar tanto que este, para evitar más tensiones, los dejó pasar. Los seis curas se entretuvieron durante un buen rato, siempre solos en el apartamento, y luego se marcharon. Poco después se presentó ante el mismo cabo el padre Marcantonio Panza, secretario de su excelencia reverendísima el obispo Egilberto Martire, provisto de la correspondiente autorización del Tribunal de Camporeale. Pero inmediatamente después de haber subido a la vivienda, el padre Panza llamó al cabo y le advirtió de que el apartamento había sido revuelto en el curso de una frenética búsqueda y que todos los documentos, incluidas las cartas privadas, recibos, etcétera, habían sido sustraídos por los señores párrocos.

El capitán Montagnet, tras enterarse de la presencia en Palizzolo del secretario de su excelencia el obispo, mantuvo un encuentro con él en el curso del cual le informó de que procedería, previo beneplácito del Tribunal de Camporeale, contra los seis sacerdotes por robo de material sometido a tutela de la autoridad judicial.

Como es natural, habrá novedades de las que no dejaremos de informar a nuestros lectores.

Quedan las preguntas: ¿qué buscaban los reverendos padres en la vivienda de su cofrade? ¿Temían que quizá el padre Filiberto hubiera dejado en ella material comprometedor? Y, en ese caso, ¿comprometedor para quién?

—¡Pero qué guapos que sois los seis! Jóvenes, fuertes, sanos, exuberantes, llenos de pasión, de iniciativa, de ganas de actuar... ¡Verdaderos soldados de la Iglesia! ¡Bravo, bravo! ¡Pero el problema es que dentro de la cabeza no tenéis un carajo! Os he hecho llamar para deciros algo rapidísimo. Os hago de inmediato una premisa: mi nombre es Martire, pero no tengo ninguna intención de convertirme en mártir de hecho por mérito vuestro. ¿Está claro? Tengo que deciros que esta mañana me ha telefoneado el señor presidente del Tribunal, el egregio comendador Onorio Labarbera, que es muy, pero que muy asustadizo. Me ha dicho: «Usted debe entender mi posición, excelencia, yo no puedo sustraerme a la solicitud del capitán Montagnet..., debo por fuerza concederle la autorización y patatín patatán». Y yo al fin le he dicho: «Pero ¿quién te pide nada?». «La ley debe seguir su curso», dice él. Y yo: «¡Dejemos que la ley siga este curso!». ¿Entendido? Si deben arrestaros, que os arresten. Yo no muevo un dedo. No quiero problemas. Quien enreda la madeja que la desenrede. Pero ¿qué necesidad había de ir todos en fila a casa de aquel desventurado? Iba uno solo de vosotros, miraba lo que había que mirar, cogía lo que había que coger y lo dejaba todo como estaba. En orden. Pero dado que sois jóvenes y gilipollas, habéis creado un buen embrollo. ¡Os habéis llevado hasta los registros parroquiales! Pero ¿qué estabais buscando? ¡No, no me lo digáis! ¡No me lo digáis! No quiero saberlo. Asuntos vuestros, que tenéis calabazas en vez de cerebros. Mientras tanto os digo que desde mañana seréis sustituidos por otros curas de la diócesis, al menos hasta que esta historia haya terminado. Solo el padre Dalli Cardillo permanecerá en su puesto. ¡No! ¡No habléis! ¡Que si habláis os coso a patadas en el culo! ¡Todos fuera y chitón! ¡Largo de aquí!

Dos días después del primer artículo, Teresi escribió un segundo que estampó en una edición extraordinaria, de un solo folio, de su periódico.

El artículo se titulaba *Planteémonos una hipótesis*. Y decía así:

Sabemos, de buena fuente, que su excelencia reverendísima Egilberto Martire, obispo de Camporeale, frente a la solicitud de proceder contra los seis párrocos de Palizzolo por sustracción y ocultamiento de documentos sometidos a tutela judicial (delito que prevé el arresto del sospechoso), ha declarado su voluntad de no poner obstáculos a la justicia y, es más, ha dado descanso, de forma provisional, a los seis párrocos, sustituyéndolos por otros sacerdotes de la diócesis. Gesto que una vez más subraya la gran sabiduría de su excelencia el obispo, ya demostrada en otras ocasiones de mucho menor peso.

Lo que el obispo no ha conseguido hacer lo ha hecho, en cambio, el corresponsal de Camporeale del principal periódico de la isla, que ha defendido a capa y espada la actuación de los párrocos sosteniendo que estaban en su derecho de llevarse los documentos de la parroquia, para que la actividad de esta no sufriera interrupciones o retrasos.

Pero, entonces, si las cosas eran así, ¿qué necesidad había de engañar al cabo de guardia? Quizá habría bastado decir esto para convencer al cabo, quien ciertamente los habría acompañado de buen grado al apartamento del pobre padre Filiberto, y de los documentos que se hubieran llevado habría solicitado y obtenido el correspondiente recibo.

O bien habrían podido dirigirse al tribunal (como hizo el secretario del obispo, el padre Marcantonio Panza) para obtener la necesaria autorización.

Pero ellos no han actuado así, querido colega periodista. Ellos no querían ojos indiscretos mientras hurgaban.

Y aunque ahora se afanan en declarar que le han dado al capitán Montagnet todo lo que habían sustraído ocultándolo debajo de las sotanas, ¿quién nos garantiza que de verdad se haya devuelto todo? Y, en el caso de que no lo hayan hecho, ¿qué han querido conservar los párrocos?

En calidad de periodistas hemos efectuado una pequeña investigación que ha llevado a un resultado interesante. Hemos pedido y obtenido del tribunal el permiso para acceder a la vivienda del párroco. No se ha tocado nada, el apartamento está aún en el indescriptible desorden en el que lo dejaron los seis sacerdotes después de su paso. En un rincón del comedor estaba a la vista un caballete de pintor, junto a una mesita volcada en la que había colores y pinceles esparcidos por el suelo. El padre Filiberto, en efecto, era muy aficionado a la pintura, y algunas telas de tema sagrado estaban colgadas en las paredes del apartamento. Entonces nos ha surgido una sospecha. En el curso de una conversación con el sacristán Virgilio Bellofiore hemos obtenido una confirmación. Bellofiore nos ha contado que el padre Filiberto solía llevar consigo unos folios en los que dibujaba a lápiz lo que más le impresionaba en el curso de la jornada, y que estos dibujos por lo general los guardaba en los cajones de su escritorio. También la señora Amelia Putifarro, asistenta por horas del párroco, nos ha referido lo mismo.

Hagamos una hipótesis: ¿no es de suponer que seis párrocos, en vez de buscar papeles escritos, buscarían dibujos comprometedores? Quizá los dibujos conservados en el cajón no lo eran, pero el padre Filiberto habría podido esconder otros, cómo decir, más escabrosos, en sitios más secretos de su apartamento. De aquí la necesidad de un registro completo.

De esta hipótesis nuestra debidamente hemos puesto al corriente al capitán Montagnet, quien, hasta este momento, no ha estimado que tuviera que proceder al arresto de los seis sacerdotes.

Y nosotros, con melancolía, debemos concluir que nuestra hipótesis está destinada casi con seguridad a permanecer como tal, porque, a estas alturas, de los dibujos ya no se encontrará ni rastro.

—Es la primera vez que vengo a confesarme con usted, padre Dalli Cardillo. Antes había ido siempre a la iglesia del Corazón de Jesús, donde oficia el padre Alighiero Scurria. Y ahora ya no quiero ir allí. Necesito no solamente la absolución, sino un consejo. Hace algunas noches que no consigo dormir. Desde que leí en el periódico que Rosalía Pampina se había matado por lo que le había hecho el padre Filiberto. Yo conocí a Rosalía, hace unos dos meses, cuando los párrocos la trajeron al convento de las Benedictinas, que estaba vacío, para una jornada-premio de ejercicios espirituales. Acudimos Rosalía; Antonietta, la hija del barón Lo Mascolo; Totina, la hija del aparcero de don Anselmo Buttafava; la hija del marqués Cammarata, que se llama Paolina; Lorenza Spagna, que era la más joven de todas, dado que tenía quince años y medio; Filippa Lanza, que es la hija del director del banco, y yo. Una por iglesia, elegidas por el propio párroco. Yo soy viuda, tengo veinticuatro años y no tengo hijos. Dado que sufría mucho por la falta de mi marido, le confesé al padre Scurria que a menudo tenía sueños pecadores, que a veces me tocaba..., y él me dijo que haría un exorcismo, una vez por semana, que me purificaría. Me enseñó un libro antiguo, todo escrito en latín, en el que había dibujos; uno de ellos representaba a un diablo que yacía con una mujer desnuda... Me explicó que, cuando yo me tocaba, creía que estaba sola, pero en cambio conmigo estaba el diablo, que me tomaba como a la mujer del dibujo. También me dijo que no era la cosa la que hacía el pecado, sino que era la intención con que se hacía la que convertía el pecado en purificación. En resumen, me persuadió. Y poco después fue la jornada de los ejercicios espirituales. A fuerza de vino consagrado, nos emborrachamos. Dos horas después estábamos todos desnudos, varones y mujeres... Y un cura nos dejaba y otro nos tomaba... A Rosalía, el padre Filiberto ordenó que la dejaran virgen, pero todas las demás... En resumen, me dejaron embarazada a mí y seguro que a alguna otra. Y es verdad lo que dicen los periódicos: el padre Filiberto metía y dibujaba. Estoy furiosa y desesperada, don Mariano. Se han aprovechado de mí, de mi confianza, de mi honestidad y, sobre todo, de mi fe. Tengo una criatura en la barriga y ni siquiera sé quién es el padre, porque de mí se aprovecharon todos. Esta mañana leí en el periódico la historia de los dibujos... Tuve una idea: ahora voy al cuartel de los carabineros a contarlo todo. Y si no me creen, les digo que el padre Scurria tiene una mancha roja en el culo, que el padre Raccuglia tiene una verruga así de grande debajo del ombligo, que el padre Libertino... ¿Basta, dice usted? Está bien, basta. ¿Qué hace, llora, don Mariano? ¡Eh, yo lo entiendo! ¡Usted es el único verdadero cura de este pueblo! Pero qué me aconseja, ¿eh? ¿Voy al cuartel de los carabineros?

Apenas dos días después de nuestra edición extraordinaria, nos vemos en la necesidad de lanzar otra para informar a nuestros lectores de las increíbles novedades de la investigación del capitán Montagnet sobre la actuación de los seis párrocos de Palizzolo, a saber: Alessio Terranova, Eriberto Raccuglia, Alighiero Scurria, Libertino Samonà, Angelo Marrafà y Ernesto Pintacuda.

Fueron arrestados ayer por la tarde no solo por sustracción y ocultamiento de documentos bajo secuestro, sino también por acusaciones mucho más graves como violación y estupro en perjuicio de siete de sus parroquianas (¡entre las cuales hay nada menos que tres menores!), manipuladas para dar su consentimiento a los turbios deseos de los párrocos a través de humeantes ritos de purificación. Tan manipuladas que las mujeres embarazadas continúan sosteniendo que las criaturas que llevan en su regazo son obra del Espíritu Santo o el resultado de la voluntad divina. En resumen, los buenos párrocos habían formado una verdadera secta (que podríamos irónicamente llamar «la secta de los ángeles») que hacía pasar por actos místico-religiosos unos verdaderos actos obscenos.

El apogeo de su depravación derivó hace poco más de dos meses en una orgía colectiva (¡definida como retiro espiritual!) que duró toda una jornada en el convento de las Benedictinas, que se abrió para la ocasión. Esta profusión de espiritualidad ha producido efectos concretos: cuatro de las siete mujeres participantes en el retiro quedaron embarazadas. ¡Los Padres se han convertido en padres! Por otra parte, las cuatro mujeres (entre las cuales están dos de las tres menores) no podrán nunca saber qué sacerdote es el padre de su criatura, ¡puesto que ellas fueron objeto de abusos, aquel día, por parte de más de un cura!

Apenas sabida la noticia de que los seis sacerdotes se habían declarado culpables de todos los delitos de los que estaban imputados, justificando, además, su irrupción en el apartamento del padre Cusa con la necesidad de recuperar los dibujos que testimoniaban la orgía, tal y como nosotros habíamos especulado, su excelencia el obispo de Camporeale ha decretado su suspensión *a divinis*.

¿Qué piensa de esta medida el eminente colega que los ha defendido a capa y espada en el periódico más importante de la isla?

A propósito de los dibujos, es necesaria una precisión.

Los curas no los hallaron, a pesar de que buscaron por todas partes.

Los ha encontrado el capitán Montagnet en un compartimento construido en el fogón de la cocina del padre Filiberto, y posteriormente tapiado con un azulejo.

Y constituyen en su minuciosidad, en los detalles y en los rostros una prueba irrefutable de la culpabilidad de los sacerdotes.

El cuarto artículo, Matteo Teresi lo publicó tres días después en el número normal del periódico *La Battaglia*, y no en una edición extraordinaria.

Ahora ya no tenía nada de extraordinario. O al menos así lo creía.

Varias veces y en diversas ocasiones nos han acusado de ser, por nuestra parcialidad, unos intrigantes, unos subversivos y unos anticlericales.

Quisiéramos aún recordar a nuestros lectores

que, con ocasión del ridículo equívoco del estallido del cólera, que nunca existió, fuimos señalados por siete de los ocho púlpitos de Palizzolo como los únicos responsables de la presunta epidemia.

Éramos, según ellos, culpables de haber atraído la ira divina contra nuestro pueblo.

Incluso hubo un párroco que organizó y dirigió en persona un asalto a nuestra casa, por fortuna fallido. Pero tenían el declarado propósito de matar al diablo que se habría encarnado en nosotros.

¡Y aún hay voces malignas, incluso después de que los párrocos hayan admitido sin reservas sus despreciables culpas, que persisten en insinuar que se ha tratado de una vil maniobra dictada por nuestro incansable odio hacia la Iglesia!

¡Y no solo esto!

Ha habido quien se ha atrevido a escribir que en Palizzolo se ha creado una «maldita alianza» *(¡sic!)* entre un abogado aventurero que desprecia todo lo que es sagrado y solo busca notoriedad y un oficial del Cuerpo de Carabineros a quien se habría concedido demasiada libertad de acción por parte de sus superiores y que se habría aprovechado de ello excediéndose en el cumplimiento del deber.

En otros términos, el capitán Montagnet y el que suscribe habrían firmado un pacto infame.

Sabemos que ha habido quien ha sostenido que el modo de proceder del capitán estaba incluso dictado por el desprecio que los piamonteses albergan por los sicilianos.

¡Todas mentiras!

En síntesis, se quiere sostener la absurda y ciega

tesis de que el abogado y el oficial, compinchados, habrían llevado a cabo un ataque mortal en la cima del sistema social representado por la aristocracia y la Iglesia.

El ataque a la aristocracia, es bueno recordarlo, se debería al injusto (!) arresto del marqués Cammarata y a la notoriedad que este tuvo por las circunstancias en que se produjo.

Pero se omite que el clamor ha nacido por culpa de los familiares del marqués que se pusieron a lanzar improperios contra los carabineros que realizaron el arresto y por el mismo marqués Cammarata, quien, incluso esposado, con un salto bestial consiguió morder la oreja del sargento hasta hacerla sangrar.

Y se omite sobre todo un detalle no irrelevante, es decir, que el marqués es reo confeso de intento de homicidio con la complicidad de un conocido capo de la mafia local en busca y captura.

Por tanto, el capitán Montagnet no ha hecho más que cumplir con su deber. Escrupulosamente. Sin mirar a la cara a nadie. Como suelen hacer todos los que tienen el honor de pertenecer a la Benemérita.

Y, por lo que se refiere al llamado ataque a la Iglesia, digamos una sola y firme palabra: ¡basta!

Y por eso reproducimos a continuación, textualmente, las desdeñosas palabras que un ilustre sacerdote, el padre Luigi Sturzo, ha escrito al respecto en *Il Sole del Mezzogiorno*, que se publica en Palermo, con fecha 15-16 de julio de 1901:

Los lectores no saben que en Palizzolo, entre algunos curas degenerados indignos del ministerio sacerdotal y del nombre de hombres, existe una secta, llamada, por burla, angélica. Estos sectarios, bajo principios gnóstico-místicos, abusan del sacramento de la confesión e inducen a algunas penitentes iniciadas a actos ignominiosos, como comunicación de gracia divina y elevación a grados sublimes de perfección. Esta secta está rodeada por el máximo misterio, los curas sectarios aparentan ser personas de oración y las beatas son las más asiduas a las largas (demasiado largas) prácticas piadosas en la iglesia.

El hecho de que estos curas hayan sido sometidos a la autoridad judicial por corrupción de menores ha revelado la ignominiosa secta de Palizzolo y ha permitido conocer su secreto estatuto.

Queremos hacer solo un apunte al escrito del padre Luigi Sturzo. Él, en un momento dado, escribe que los curas actuaban «bajo principios gnóstico-místicos».

El padre Sturzo, en cierto sentido, los ennoblece. ¡Ellos han actuado sin ningún principio, ni siquiera humano!

El escándalo de Palizzolo está teniendo una vasta resonancia nacional. Y sobre él han intervenido políticos como Turati, Tasca, etcétera pero nosotros hemos preferido poner en vuestro conocimiento solo las palabras de un cura como el padre Luigi Sturzo, estimando que ellas, justo por provenir de donde provienen, ampliamente nos recompensan de cualquier maledicencia y de cualquier abyecta insinuación.

Ninguna conjura, pues. Solo amor por la justicia y la verdad.

—Me han dicho que esta tarde regresa a Camporeale y he venido a despedirme.

—Gracias, abogado.

—Si me permite, capitán, dado que iré con frecuencia a la capital, alguna vez quisiera hacerle una visita. ¿Por qué se ríe?

—Abogado, acabo de recibir una llamada de mi comandante. Me anunciaba una gran sorpresa que me dirá mañana, a mi regreso. Solo que para mí ya no será sorpresa, ya la conozco. La promoción y el traslado.

—*Promoveatur ut amoveatur*.

—Sí.

—No sé si apenarme o congratularme.

—Haga las dos cosas. Ah, oiga, también yo he leído aquel artículo que nos atacaba insinuando que nosotros dos nos habíamos puesto de acuerdo...

—Innoble.

—Sí. Solo espero que, tratándose de un periódico nacional, no lo haya leído mi tío. Es muy anciano y se sentiría muy dolido.

—Perdone, capitán, pero ¿quién es su...?

—Un párroco de campo. Perdí a mi padre cuando no tenía ni diez años. Éramos pobres. Es él quien me ha criado, me ha hecho estudiar... Se lo debo todo, también el carácter. Bah, ahora debo despedirme, abogado. Y, se lo ruego..., esté atento.

—¿A qué, capitán?

—¿No lo ha entendido usted, que es siciliano? ¿Debo decírselo yo, que soy piamontés? Hoy ha ganado, quizá lo llevarán sobre los escudos...

—Tiene razón, ¿sabe? El presidente del círculo me ha dicho que volviera a presentar mi solicitud de admisión. Me ha asegurado que será un honor para el círculo tenerme como socio. Y el alcalde me ha propuesto al prefecto para que me otorguen una cruz de caballero.

—¿Lo ve? Pero estoy seguro de que, desde mañana, comenzará el período más duro para usted. Llegará el reflujo. Es inevitable. Buena suerte.

# Capítulo XIII
## La rueda gira al revés

Una semana después, como quien no quiere la cosa, el obispo de Camporeale mandó llamar al padre Mariano Dalli Cardillo. Cuando el padre Marcantonio invitó a pasar al anciano cura, su excelencia reverendísima Egilberto Martire se levantó del sillón y fue a su encuentro saludándolo con los brazos al cielo, como si hubieran hecho el seminario juntos.

—¡Nuestro queridísimo padre Mariano!

Le posó las manos sobre los hombros, lo miró a la cara con la mitad de la boca sonriente y la otra no; luego lo invitó a sentarse en el diván y él mismo hizo lo propio al lado.

—¿Cómo está, queridísimo, cómo está? Enfermito, ¿verdad? ¡Mis heridas aún no han cicatrizado, como las suyas, supongo! De todos modos, ¡con la ayuda de Dios, podemos decir que hemos superado esta fea prueba que el Señor ha querido mandarnos!

El padre Mariano pensó que el hecho de que su excelencia hablara en italiano y no en romanesco era señal de que no estaba enfadado con él.

—Y ahora pasemos a lo nuestro. ¡He querido verlo en persona, queridísimo, para darle las gracias!

—¿Por qué, excelencia?

—¡¿Por qué?! ¿Cómo que por qué? ¡Por haber demostrado, con su presencia, con su cotidiano ejercicio, que no todos los sacerdotes de Palizzolo eran de la misma ralea que esos sórdidos individuos indignos de su oficio de pastor de almas!

—Pero, excelencia, yo...

—¡Déjemelo decir! ¡Usted ha sido como un faro luminoso mientras en torno caían las tinieblas!

—¡Excelencia, yo no lo merezco! Yo he continuado haciendo lo que siempre había hecho, confesando, reconfortando...

—... aconsejando...

—Si era preciso, también.

—Eso ahora me ha hecho recordar algo. A propósito de consejos. ¿Recuerda las palabras de Jesús, «Dad al césar lo que es del césar y a Dios lo que es de Dios»?

—¡Claro que las recuerdo!

—¿Las tuvo siempre presentes?

—¡Sí, señor!

—¿Y cómo es entonces que a esa viuda que fue a confesarse con usted y que le pidió un paternal consejo le permitió que diera al césar lo que debía darse a Dios?

El padre Mariano se quedó atónito.

—Excelencia, no comprendo qué...

—Me explico mejor. Si no me equivoco, cuando esa desgraciada mujer, la viuda, le reveló en confesión, en con-fe-sión, escuche bien, las perversidades de sus cofrades, usted dejó, permitió, consintió, como quiera, que fuese directa a los Reales Carabineros para denunciarlos, lo que provocó todo lo que ha sucedido.

—¿Y qué debería haber hecho?

—¡Mi amado hijo, se trataba de curas! ¡De sacerdotes! ¡De ungidos por el Señor! ¡De hombres de Dios! ¡De curas que se habían equivocado, estoy completamente de acuerdo, pero seguían siendo curas! *¡In aeternum!* ¡Usted debía dar a Dios lo que era de Dios, debía haberle dicho a esa mujer que viniera a verme para informarme de que algunos soldados del Señor estaban manchando el hábito talar! ¡Padre Mariano, se olvidó de que llevaban sotanas y no uniforme, yo qué sé, del ejército real o de los Reales Carabineros! Yo ya me habría ocupado de quitar de en medio a esos sinvergüenzas, pero con las debidas cautelas, con las necesarias precauciones, con tiempo, sin suscitar escándalos... Porque, admitámoslo, ¡el escándalo que incautamente ha provocado ha hecho tambalear los fundamentos mismos de la Iglesia!

—¡Excelencia, le pido perdón, le suplico, le ruego que me perdone! Había quedado tan impactado por aquella revelación que no pensé en lo más mínimo en...

—¡Pero yo no le estoy haciendo ningún reproche! ¡Lo entiendo, lo entiendo a la perfección!

—¡Y aún hoy, créame, no puedo conciliar el sueño! ¡Desde el momento en que aquella pobre mujer me lo contó todo, paso las noches despierto, en plegaria!

—En efecto, cuando lo he visto entrar, me he espantado, he pensado que estaba seriamente enfermo.

—No, excelencia, no estoy enfermo, es que esta historia...

—¡Pero usted no puede continuar así! ¡Despierto desde hace una semana! ¡Usted está en las últimas, queridísimo! ¡Aquí hay que intervenir con urgencia! Oiga, padre Mariano, ¿queremos hacer lo más justo?

—¿Qué?

—¿Nos tomamos unas buenas vacaciones para descansar? No diga que no, porque lo necesita de verdad. Hagamos así: dentro de dos o tres días mando a un sacerdote a sustituirlo. ¿Qué me dice?

—Que se haga la voluntad del Señor.

—¡Bravo por nuestro padre Mariano! ¡Un fuerte abrazo, venga!

—Señores socios, un minuto de atención, por favor. Dentro de dos días, es decir, el próximo domingo, a las diez de la mañana, todos los socios, tal como está escrito en el tablón de anuncios, están invitados a votar para la admisión en este círculo del abogado Matteo Teresi, que ha vuelto a presentar la solicitud —comunicó don Liborio Spartà.

—¿Comenzamos de nuevo con ese fastidio? —preguntó el comendador Padalino.

—Pero ¿el estatuto lo permite? —preguntó a su vez el notario Giallonardo.

—El estatuto permite presentar la solicitud de admisión tres veces —precisó el presidente Spartà—. Y para el abogado es la segunda vez.

—Dado que hablamos del estatuto —intervino

don Anselmo, que estaba sentado en su sillón adamascado—, quisiera saber si está prevista la abstención o solo se debe decir sí o no.

—Un abstencionista es alguien que no tiene el valor de las propias opiniones —declaró el coronel Petrosillo.

—Y usted, dado que no tiene opiniones, no necesita ni siquiera valor —rebatió don Anselmo.

—Yo, querido mío, para que lo sepa, ¡he sido condecorado con la medalla de bronce!

—¿Cómo ha dicho, que no he oído bien? ¿Medalla de...?

—¡De bronce!

—Perdone, había entendido de roce.

El coronel, para lavar con sangre la terrible ofensa, se lanzó volando por el salón contra don Anselmo, pero don Stapino Vassallo lo detuvo.

—¡Considérese desafiado! —espetó el coronel, babeando, debatiéndose entre los brazos de don Stapino.

—¿Como la otra vez, que primero me desafió y después desapareció de la circulación?

—¡Señores, por caridad! —empezó a dar voces el presidente—. Un poco de calma. Permítanme una precisión. He sido yo mismo quien ha presentado la solicitud del abogado Teresi.

—¿Y por qué despertar al perro que duerme? —preguntó don Anselmo.

—Porque considero que es un altísimo honor para este círculo tener como socio a una persona que no ha vacilado en arriesgar mucho, en exponerse, en pagar personalmente por...

—¿Quién ofrece el otro aval? —interrumpió el notario.

—Nuestro señor alcalde.

—Hago notar que mi pregunta aún no ha recibido respuesta —espetó don Anselmo.

—Sí, se admite la abstención.

—Bah —dijo don Anselmo—. Declaro desde ahora que me abstendré.

—En cambio, yo, esta vez, votaré sí —espetó don Serafino Labianca.

—¿Es lo que le ha ordenado el Gran Oriente? —preguntó el profesor Malatesta.

—¡El Gran Oriente no tiene nada que ver! ¡Y no haga insinuaciones santurronas, usted que oficiaba la misa con el padre Samonà! ¡Y le besaba la mano, medio arrodillado! ¡Voto que sí porque ha metido en chirona a ese grandísimo cornudo del marqués Cammarata!

—¡Y yo votaré que no precisamente porque he oficiado misa con el padre Samonà! Pero ¿no entienden que esto es un complot contra la Iglesia? —dijo el profesor Malatesta.

—¡Qué complot ni complot!

—Señores, no es el momento de plantear esta discusión. La votación se celebrará el domingo por la mañana, aún faltan dos días, cada uno podrá reflexionar con calma y luego...

—Señor presidente, permítame. El domingo por la mañana no se puede —intervino el comendador Padalino.

—¿Por qué?

—Viniendo hacia aquí he visto que estaban pegando unos carteles. El domingo por la mañana habrá una gran procesión reparadora encabezada por el obispo de Camporeale.

—Entonces aplazamos la reunión a las cinco de la tarde. ¿Está bien?

—Gracias por haberme invitado a almorzar —dijo Luigino Chiarapane, al que Stefano había encontrado por casualidad aquella mañana en Palizzolo.

—¿Qué has venido a hacer? —le preguntó Teresi.

—Bah, yo, para ser sincero, no lo he entendido bien.

—¿De qué se trata?

—Hace tres días, la tía Ernestina llegó de pronto a casa, a Salsetto.

—¡¿La marquesa?! —espetaron a dos voces Teresi y su sobrino.

—Sí.

—¿Y qué quería?

—Uf —exclamó el muchacho—. Mamá primero no quería ni verla, pero tía Ernestina insistía, llorando. En resumen, al final se encerraron en la habitación de mamá y estuvieron hablando dos horas.

—¿Y después tu madre no te dijo nada? —preguntó Stefano.

—Nada. Y anteayer mamá vino aquí a Palizzolo.

—¿A hablar con su prima?

—Claro. ¿A qué, si no?

—Quizá quiera que tu madre retire la denuncia —dijo Stefano.

El abogado se puso a reír.

—Stefanù, me parece que tus estudios de Derecho... Pero ¿no sabes que ahora ya nadie puede hacer nada? Como máximo, la marquesa podrá pedir a los Chiarapane la no constitución de parte civil. Es decir, que podría perder mi trabajo de abogado. Paciencia.

—Pero tú aún no nos has dicho por qué has venido —insistió Stefano.

—Porque mamá me dijo que debía venir a ver a la tía Ernestina, que quiere hablar conmigo. Me espera hoy después de comer, a las tres.

—¡Vigila que no te haga encontrarte con el tío Carmineddru! —soltó Stefano.

Se pusieron a reír.

—Pero yo me muero de curiosidad por saber qué quiere de ti —añadió aún Stefano.

—Hagamos lo siguiente. Yo voy y luego, hacia las cinco, vuelvo aquí y os lo cuento todo.

Pero a las cinco Luigino no apareció.

Fue evidente, en cuanto salió de la iglesia matriz, que la procesión iba a ser algo grandioso.

Precedido por todos los guardias urbanos en uniforme de gala, avanzaba un gran baldaquín bordado en oro sostenido por cuatro curas, y encima estaba su excelencia el obispo de Camporeale, que tenía en la mano un ostensorio también de oro.

Detrás iban los otros cuatro curas de Palizzolo.

Justo después, el barón Lo Mascolo, el barón Roccamena, el barón Piscopo y el marqués Spinotta.

Luego había un espacio entre los nobles y el consejo municipal. Y en este espacio estaba un solo hombre, todo vestido de fustán, que llevaba botas y sostenía la gorra en la mano.

Después iban el alcalde Calandro con la junta y el consejo municipal. Tras ellos, los burgueses, todos, de don Stapino a don Liborio, don Anselmo, don Serafino, el notario Giallonardo, el profesor Malatesta, el coronel Petrosillo...

Todos, nobles, burgueses, comerciantes y consejeros municipales, con sus correspondientes esposas.

La banda municipal separaba este grupo de cabeza del resto de la gente corriente. Casi tres mil personas. Algo nunca visto.

Todos los demás, que se habían asomado a los balcones y a las terrazas, con sus ropas más elegantes, se arrodillaban al paso arrojando sobre el baldaquín pétalos de rosa y flores.

Luego la procesión se encaminó por la calle en la que estaba la casa del abogado Teresi. Todos levantaron la cabeza.

Y vieron que el abogado estaba en el balcón tocado con un sombrero. ¿Quería provocarlos quedándose con la cabeza cubierta delante del santísimo? No había nadie, a medida que la procesión avanzaba, que no lo mirara. En cambio, en cuanto el baldaquín se encontró debajo del balcón, Matteo Teresi se quitó el sombrero y se inclinó profundamente.

Pero no al santísimo, sino al hombre vestido de fustán que caminaba, solo, entre los nobles y el consejo municipal.

Y le gritó, por encima del sonido de la banda:

—¡Cuando vea al tío Carmineddru, lo saluda con afecto de mi parte!

Y luego entró y cerró el balcón.

—Señores socios, declaro abierta la votación para la admisión del abogado Matteo Teresi como socio de este círculo. Recuerdo que la bola negra vale no, la bola blanca vale sí.

—Pido la palabra —requirió de inmediato el notario Giallonardo.

—Concedida.

—Señor presidente, el otro día, cuando usted nos anunció que se celebraría esta reunión, ocurrió algo insólito. Según el estatuto, el voto es secreto. En cambio, hace dos días hubo incluso declaraciones de voto. Usted debería haberlas prohibido enseguida. Pero no lo hizo. Mi pregunta, entonces, es la siguiente: ¿estas declaraciones públicas de voto son aún válidas?

—Explíquese mejor, notario —espetó el presidente, picado.

—Le doy un ejemplo. La otra vez, el aquí presente profesor Malatesta declaró que votaría en contra. Ahora yo pregunto al profesor: ¿aún es de la misma opinión?

—¡Claro que mantengo la misma opinión! ¡Y con mayor razón después de lo que el abogado ha hecho al paso de la procesión!

—A propósito, ¿quién era ese señor? —preguntó don Liborio.

—¿No lo sabe? —inquirió don Serafino—. Quizá usted sea el único que no lo sabe. Es el tío Peppi Timpa, digámoslo así, sustituto provisional del tío Carmineddru.

—Quisiera continuar —prosiguió el notario—. Si las cosas son de este modo, está claro que la votación, al encontrarse dentro de la urna la anunciada bola negra del profesor Malatesta, no será válida porque la admisión debe ser concedida por unanimidad. Y, por tanto, votar solo supone una pérdida de tiempo.

—¿Y cómo salimos de esta? —preguntó el presidente.

—Si me permite un consejo...

—Por favor, notario...

—La novedad del otro día, es decir, la declaración de voto que en el estatuto no está expresamente vetada y, por tanto, puede ser admisible, podría sernos de ayuda. Usted puede preguntar a los socios cuántos de ellos tienen la intención de votar no, incluso sin motivar la razón.

—¿Los señores socios que tienen la intención de votar no podrían levantar la mano, por favor? —requirió el presidente.

Se alzaron una veintena de manos. El presidente palideció y no abrió la boca. Aparte de cinco o seis católicos estrictos, todos los otros debían de ser personas que no querían compartir la ofensa pública hacia el tío Peppi Tinca o como leches se llamara.

Por él habló el notario.

—Como ve, presidente, votar habría sido inútil. Mi consejo es que el abogado, si quiere, pruebe una tercera y última vez.

El silencio fue interrumpido por la voz alegre de don Stapino:

—¡Casimiro, trae las cartas!

El consejo municipal que debía discutir la propuesta del alcalde para nombrar caballero al abogado Teresi se reunió a las siete de la tarde del lunes.

—Quisiera pedir la palabra a título personal —dijo el abogado Mangiameli.

—Hable —concedió el presidente Burruano.

—Hablo como católico practicante y observante. Yo estaba del todo convencido de suscribir la propuesta del alcalde porque me había persuadido de que la acción promovida por el colega Teresi contra los párrocos que habían traicionado de manera infame su misión estaba dictada por un sincero anhelo de justicia. Pero, después de lo ocurrido ayer por la mañana durante la procesión, he tenido que replanteármelo. ¡Él ha ofendido la sagrada solemnidad del momento! ¡Se ha puesto a gritar delante del Santísimo! ¡Señal evidente de que no alberga ningún respeto hacia nuestra santa religión!

—Y tampoco hacia nuestra santa mafia —espetó a media voz alguien que no quedó claro quién había sido.

—Por tanto —concluyó el abogado Mangiameli—, votaré que no. ¡Y nadie conseguirá hacerme cambiar de idea!

—¡Pido la palabra! —exclamó Pasqualino Marchica, comerciante de trigo y habas.

—Concedida.

—Con todo el respeto por nuestro alcalde, tampoco yo tengo ánimos para votar que sí. El abogado Teresi, cuyas opiniones respeto, es alguien que sale de pesca con las redes extendidas sin pensarlo dos veces. Busca el bien sin tener en cuenta el daño que puede causar a los demás.

—¡Santas palabras! —comentó uno del público.

—Pongo solo un ejemplo. ¡Cuando descubrió qué hacían esos asquerosos curas, cogió el cántaro lleno de mierda y, en vez de ir a vaciarlo en el pozo negro, lo hizo en la cabeza de todo el pueblo! ¡Nos ha cubierto a todos de mierda! A los curas, que, seguro, lo merecían, pero también a aquellos que no. Ha estropeado la vida a cuatro jóvenes que...

—Cinco —espetó otra voz.

—... a cinco jóvenes que...

—Son siete —sugirió una tercera voz.

—¿Puedo saber cuántas son? —preguntó Pasqualino Marchica.

—Un momento —dijo el presidente Burruano, comenzando a contar con los dedos—. Paolina Cammarata, Antonietta Lo Mascolo, Totina Perricone, la viuda Cannata, Lorenza Spagna y Filippa Lanza. Son seis.

Pasqualino Marchica volvió a tomar la palabra.

—... a seis jóvenes que...

—Pasqualì, ¡mira que la cuenta no cuadra!

—¿Por qué?

—Nos estamos olvidando de la muerta, Rosalía Pampina.

—¡Pero esa está muerta! ¡Dejadme terminar! ¡Ha estropeado la vida a seis jóvenes cuyo único delito había sido confiar en los curas! Estas pobres mujeres, nobles o pobres, ¡tendrán que ordenarse monjas, ya no encontrarán marido! ¡El señor abogado ha obtenido el bonito resultado de que en toda Italia se hable de Palizzolo como de un verdadero burdel! No es un hombre capaz de hacer las cosas correctamente. ¡Y por eso digo que no!

Después de tres horas de discusión, el consejo municipal rechazó la propuesta del alcalde.

—Tenía razón Montagnet —espetó Teresi a Stefano mientras estaban comiendo—. La rueda ha empezado a girar al revés. Ha comenzado el reflujo.

—Pero usted no lo creía de verdad, dado que ha vuelto a presentar la solicitud de admisión al círculo. Si lo hubiese creído, no la habría presentado, sabiendo que de un modo u otro le iban a responder que no.

—También tú tienes razón. No había creído a Montagnet. Pensaba que mis paisanos serían un poco agradecidos. Y, en cambio, no. Nada de socio del círculo, nada de cruz de caballero.

—Pero ¿usted lo creía?

—Bah, sí y no.

—Tío, ¿sabe cuál es su culpa más grave? La de ser un idealista.

—¿Y eso sería una culpa?

—Si no le gusta culpa, llamémosla defecto.

—Ah, eso es otra cosa. Hoy he ido al banco y me han dicho que el director quería hablar conmigo. No me ha mirado a los ojos. Solo me ha dicho: «Gracias». Y yo: «¿Gracias por qué?». Y él: «Por haber arruinado mi existencia y la de mi familia. Ojalá me trasladen lo antes posible». ¡Desdichado, me ha dado pena! Pero ¿yo qué tengo que ver? ¡Yo ni siquiera sabía que su hija Filippa era una de aquellas pobres desgraciadas! ¡El nombre lo dio la viuda Cannata, pero la culpa es siempre mía!

Tiró la servilleta sobre la mesa y salió al balcón.

La noche era calurosa, oscura, pero estrellada. Sacó un cigarro del bolsillo del chaleco y encendió una cerilla.

El disparo le pasó tan cerca que la llama de la cerilla se apagó.

# Capítulo XIV
## Cómo acabó la historia

Al día siguiente, por la mañana, había mercado.

Teresi, como cada semana, no faltó a la cita, a pesar de que el disparo de la noche anterior le había hecho perder algunas horas de sueño. Se puede ser tan valiente como se quiera, pero, en cualquier caso, una bala que te pasa rozando la cabeza siempre te pone un poco nervioso. Pero no se sentía asustado, era algo que en cierto sentido había previsto. «Un día u otro me dispararán», lo pensaba a menudo cuando ciertas polémicas encendidas que mantenía en los periódicos tocaban intereses intocables o removían aguas turbias.

Le gustaba dar vueltas por los puestos y, sobre todo, hablar con los vendedores, quienes, al recorrer en siete días toda la provincia, sabían más cosas que el prefecto. Y, como lo conocían bien, le referían todos los asuntos de cuernos, de robos, de embrollos, de matrimonios, de nacimientos y de muertes que ocurrían en los pueblos que habían atravesado. Eran mejores que los corresponsales locales que, por lo demás, su periódico no tenía. Algunas de estas historias le llegaban incluso en episodios, de semana en semana le contaban los acontecimientos más recientes.

Pero aquella mañana, mientras caminaba entre la gente que se detenía delante de los puestos, sentía que a su alrededor algo había cambiado. Algo apenas perceptible, pero que estaba allí. Una mirada demasiado rápida, una media sonrisa, una palabra sin terminar.

Y también notó que, si las otras veces debía abrirse paso entre el gentío, esta vez, apenas lo veían, las personas se apartaban un poco de él, como para evitar el riesgo de rozarlo.

«¡Lo saben!», se dijo.

La noche anterior, al asomarse al balcón, él había estado más que seguro de que en la calle no había nadie. E inmediatamente después del disparo ni siquiera había oído una ventana abrirse o cerrarse. ¿Y entonces cómo es que el rumor del tiro había llegado a oídos de todos?

—¡Abogado Teresi!

Se volvió, era un carabinero.

—He ido a buscarlo a su casa y su sobrino, con gran amabilidad, me ha dicho que lo encontraría aquí.

—¿Qué pasa?

—El sargento Sciabbarrà quiere verlo.

—¿Puedo saber por qué, esta mañana, en vez de ir al mercado no ha pasado por el cuartel?

—¿Y por qué debería haber pasado?

—Para presentar la denuncia del hecho de ayer por la noche.

—¿Qué hecho?

—¿No le ocurrió nada ayer por la noche?

—Absolutamente no —dijo, poniendo cara de no saber nada.

—Entiendo —espetó el sargento—. Entonces, digamos que hablo por hablar.

—Si tiene ganas, y la cosa le divierte, hágalo.

—No tengo ganas ni me divierto. Nada de esto me parece divertido. Si usted encuentra divertido un disparo que le apaga la cerilla con la que está encendiendo el cigarro, es cosa suya. Yo solo estoy cumpliendo con mi deber.

Teresi se extrañó. ¿Cómo se las apañaba el sargento para saber incluso los detalles sobre la cerilla? No tuvo necesidad de preguntar.

—Este pueblo, egregio abogado, es como un gato que duerme. Tiene los ojos cerrados, no se mueve, y uno se persuade de que no se entera de nada. Y, en cambio, el gato está contando las estrellas del cielo. En este pueblo se sabe todo de todos, no se puede ocultar nada. Pero yo comprendo a la perfección por qué no tiene ganas de presentar la denuncia. ¿Quiere que se lo diga?

—Dígamelo.

—En primer lugar, usted está convencido de que, si presentara la denuncia y yo comenzase las indagaciones, sería como querer hacer un agujero en el aire. En segundo lugar, la denuncia, bien o mal, haría aumentar los rumores sobre usted, y usted, en cambio, ahora necesita que a su alrededor haya algo de calma, de silencio.

—Usted es muy inteligente, sargento.

—Gracias. Pero, siempre hablando por hablar, si

usted necesita algo de calma, no está claro que los otros se la quieran dar. La calma eterna quizá sí, pero algunos meses quizá no. ¿Me explico?

—No he entendido bien.

—Abogado, quien le disparó ayer por la noche... Es más, no, digámoslo mejor, quien ayer por la noche disparó a un hombre asomado a un balcón que estaba encendiendo un cigarro...

—... y falló...

—¿Usted cree? Abogado, ¡ese ha fallado aposta! Le bastaba con disparar un segundo tiro para matar al hombre del balcón. Y no lo ha hecho. No lo ha hecho porque su intención era mandarle una advertencia. Esa bala que le pasó rozando le ha hablado. Y solo puede haberle dicho dos cosas. La primera podría ser esta: «Lo que has hecho, hecho está. Pero desde este momento ten mucho cuidado con dónde te metes». ¿Esta vez me he explicado bien?

—A la perfección. ¿Y la segunda?

—La segunda podría haber sido esta: «Haz las maletas y vete de este pueblo mientras estés a tiempo». ¿Está claro?

—Clarísimo. Y le agradezco su cortesía. Ah, oiga, ¿tiene noticias del capitán Montagnet?

—He sabido que el señor capitán partió anoche para su nuevo destino. Ha sido promovido. Va a Alessandria, en Piamonte. Estará contento.

Y así le habían quitado al amigo con el que podía siempre contar.

—¿Han oído lo que ha pasado? —preguntó don Anselmo entrando a toda prisa en el círculo.

—La hemos oído —respondieron casi a coro don Serafino Labianca, don Stapino Vassallo y el comendador Padalino, que eran los únicos socios presentes.

—El abogado, a través del tío Peppi Timpa, ha mandado saludos al tío Carmineddru y el tío Carmineddru ha correspondido de inmediato —espetó, riendo, don Stapino.

—¿Usted cree? —preguntó don Serafino.

—¿Le parece que podría haber otra explicación?

—Si es por eso, más de una, queridísimo. Comenzando por decir que puede ser un hábil movimiento de un padre que ha visto a su hija arruinada por el escándalo provocado por Teresi. Le dispara, por desgracia falla, pero todos estaremos inclinados a decir que solo le pueden haber disparado el tío Carmineddru o el tío Peppi Timpa.

—Tengo la sensación de que usted está pensando en una persona determinada.

—¿En el marqués Cammarata? No, aquí lo excluiría. Puede haber sido, como para dar un nombre y pasar el tiempo, el contable Toto Lanza.

—¿El director del banco? ¡Venga!

—Perdone, pero ¿por qué se asombra tanto? ¿Su hija Filippa no ha terminado en boca de todos por culpa de Teresi? Y luego la historia de Toto Lanza..., dejémoslo correr, vaya.

—¡No! ¡Usted ahora me cuenta todo lo que sabe!

—Precisamente el otro día hablé con el abogado que defendió al padre Samonà, que desde hacía tiempo se aprovechaba de Filippa, la hija de Lanza.

Me dijo que el padre Samonà le había contado que una vez, cuando acababa de hacerlo con la muchacha, había entrado en la sacristía Toto Lanza. El padre se había olvidado de cerrar con llave la puerta. Por suerte, estaban recién vestidos, pero Filippa estaba roja como un tomate, tenía media teta fuera y era más que evidente que entre ellos había pasado algo. Pero Toto Lanza no dijo nada; es más, murmuró: «Perdone», y salió.

—Pero, entonces, ¡quiere decir que no había entendido nada!

—¡Al contrario, lo había entendido muy bien! En efecto, una semana después se presentó ante el padre Samonà y le dijo que sabía que el padre era primo del presidente del banco. Para hacerlo breve, le pidió que lo hiciera pasar de primer cajero a director. Y el padre Samonà, al comprender que le estaba proponiendo un intercambio, tanto dijo y tanto hizo que un mes después Toto Lanza se convirtió en director.

—El asunto no me asombra —dijo don Anselmo—. Toto Lanza tiene cara de cornudo. Cornudo por parte de hija y quizá también por parte de esposa.

—¡Eso habría que preguntárselo a don Cecè Greco, que por desgracia está ausente! —exclamó el comendador Padalino.

Se sabía que Michela Lanza y Cecè Greco hacía años que se solazaban juntos.

—Pero habría otra hipótesis —continuó don Serafino—. Y es que a Teresi no le ha disparado nadie.

—¡¿Qué dice?! ¡Si todos han oído el tiro!

—Calma. Estoy diciendo que Teresi puede haberle dicho a su sobrino Stefano que bajara a la calle y le disparara.

—¡¿Por qué?!

—Porque como nadie ha visto a quien ha disparado, él puede darle al pistolero el nombre que quiera en su periódico. Y arruinarle la existencia a quien en ese momento ya no le cae simpático. A usted, don Stapino, para dar un ejemplo. Si él escribe que fue usted quien le disparó, ¿cómo hará para defenderse? ¿Se querellará por difamación? Si se querella, entonces la gente se convencerá de que ha sido en realidad usted. Créame, solo queda desear una cosa: que la próxima vez no fallen.

—Pero ¿usted no había declarado que votaría a favor de su admisión en el círculo? ¿Qué pasa, ha cambiado de idea? —preguntó don Anselmo.

—¿Y usted votaría la admisión de un cadáver momentáneamente ambulante como socio?

> Por imprescindibles razones familiares me veo obligado a revocar su mandato, saludos, Giovanni Galletto.

Y con este telegrama, el quinto, perdía cinco de las seis causas más importantes de las que se estaba ocupando. Cinco telegramas en una semana, casi uno al día, todos iguales, que usaban la misma fórmula: «Por imprescindibles razones familiares». Como para hacerle entender, si aún no lo había entendido, que era algo deliberado, que nunca jamás volvería a tener una causa de las que le permitían comer, vivir y publicar su periódico.

Mafia, curas y nobles, con aquellos telegramas de sus exclientes amenazados, constreñidos, obligados, le estaban declarando que tenían la intención de reducirlo a la inanición. Porque las otras causas, las de los pobres, las de los muertos de hambre, las de los aldeanos martirizados por los amos, aquellas no solo no le daban una lira, sino que a menudo se veía obligado a pagar el papel timbrado y los sellos y los derechos de secretaría con su dinero.

El dinero que tenía en el banco le permitiría tirar durante dos o tres meses. ¿Y luego?

—Tío —dijo Stefano—. Voy a decirle algo que le enfadará, pero debo contárselo. Por otra parte, usted lo había previsto.

—Habla.

—Me he encontrado con Luigino.

—¿Y cómo es que no se ha dejado ver por aquí?

—Entenderá el porqué. Me ha anticipado que la familia Chiarapane ya no se constituirá como parte civil.

¡Adiós a la sexta y última causa importante!

—¿Por eso la marquesa fue a ver a la madre de Luigino?

—No solo, tío.

—¿Hay más?

—Sí. La maniobra es más compleja.

—Venga. Valor.

—Luigino irá al cuartel de los carabineros para decir que ha sido él quien ha dejado embarazada a Paolina, exonerando al padre Terranova. El padre Terranova jurará que nunca ha tocado a Paolina y que solo abusó de la viuda y de Totina, mayores de edad, en el retiro del convento. Y así se saca de encima la acusación más grave, corrupción de menores. En consecuencia, al marqués, por el intento de homicidio de Luigino, se le concederán los atenuantes previstos para el delito, que aquí, además, ha faltado, de honor.

El abogado Teresi se había puesto tan pálido que Stefano tuvo miedo de que le diera un ataque.

—Beba un poco de agua, tío.

—¿Y qué le ocurre a Luigino?

—Se casa con Paolina y se hace de oro. Le pagan las deudas de su padre, que son muchas, le pasan el palacio que los Cammarata tienen en Salsetto y le dan como dote el feudo de Zummìa.

—En resumen, todo se arregla.

—¿Y quiere saber lo último?

—Dímelo.

—Me he encontrado por casualidad con el barón Lo Mascolo. Me ha dicho que quiere hablar conmigo.

Tres días después, el cartero le entregó un sobre con el membrete de la Cámara Penal de Camporeale. Lo abrió, estaba fechado a 10 de septiembre y firmado por el presidente Gianfilippo Smecca, un individuo dispuesto a ponerse siempre en la dirección en la que soplaba el viento.

> La presente es para comunicarle que su excelencia ilustrísima está convocado el día 15 del corriente mes a las 17.00 horas en nuestra sede de Camporeale, via Regina Margherita, 10. Allí lo escuchará la comisión disciplinaria respecto de la denuncia presentada por

todos los abogados penalistas que operan en Palizzolo en la que lo acusan de comportamiento deontológicamente incorrecto.

Esta denuncia se refiere al hecho de que usted, en ocasión de las conocidas vicisitudes que han llevado al arresto del marqués Filadelfo Cammarata, ha acumulado en sí una serie de partes que permiten suponer una hostilidad previa y personal con relación a dicho marqués.

En efecto, usted ha sido, en este orden:

Denunciante (y en calidad de tal se ha presentado a los Reales Carabineros);

Testigo de la acusación (y en calidad de tal se ha presentado al señor juez instructor);

Abogado de la parte civil (por designación de la familia Chiarapane, mandato aceptado por usted, aunque a continuación revocado por la misma familia).

Queremos informarle, además, de que la señora Albasia Chiarapane nos ha enviado, espontáneamente, una declaración en la que afirma que usted, para presentar la denuncia a los Reales Carabineros junto a la antedicha señora, pretendió la suma de diez mil liras en metálico sosteniendo que en caso contrario usted «se lavaría las manos en esa historia».

Le hacemos presente, por último, que la Comisión Disciplinaria tiene la facultad de proceder incluso en ausencia de la persona sometida a indagación disciplinaria.

Saludos.

Como era natural, no tenía ningunas ganas de presentarse. Pero, incluso si lo hiciera, ¿qué podría decir en su defensa? La acusación más grave no era la de haber representado tres papeles en la comedia, lo que después de todo era verdad, sino la de haber cogido diez mil liras para denunciar el intento de homicidio de Luigino. Era una acusación falsa, ¡pero cómo demostrarlo! Ahora estaba claro que estaban decididos a quitárselo de encima, de un modo u otro. Pero le quedaba el periódico y, mientras tuviera dinero para imprimirlo, no conseguirían acallar su voz.

La noche en que recibió la carta de la Cámara Penal no tuvo ganas de cenar.

De seguro, las posibilidades eran dos: o lo suspendían por un largo tiempo, o lo inhabilitaban. Más fácil la segunda.

Tendría que abandonar a los pobres que se dirigían a él, dejarlos a su destino de miserables sin salvación.

No es que hubiera ganado muchas de estas causas de pobres, la ley acababa estando siempre del lado de los ricos, pero al menos habían servido para dar algo de esperanza a quien nunca había tenido nada que esperar.

Pero se sentía como vacío por dentro y muy confuso. El hecho era que él estaba habituado a la lucha abierta, al enfrentamiento cara a cara, incluso al insulto, pero no a los golpes dados a traición, por la espalda, a la chita callando. Le estaban quemando el terreno alrededor usando, para prenderle fuego, las manos de quien no estaba en contra directamente de él, pero no sabía decir que no a quien le pedía que encendiera la cerilla.

Se fue a acostar temprano, leyó un poco el *Quijote* que tenía siempre sobre la mesilla y luego, poco a poco, se durmió con la luz encendida.

Lo despertó el ruido de la puerta de casa al cerrarse. Miró el reloj, era la medianoche pasada.

¿Dónde había estado Stefano hasta aquella hora?

—Stefano.

—Enseguida voy, tío.

Apenas lo vio entrar, comprendió por la cara del muchacho que había novedades.

—He estado con el barón Lo Mascolo. Me ha invitado a cenar.

—¿Con toda la familia?

—No, estábamos él y yo.

—¿Qué quería?

Stefano se sentó al borde de la cama.

—El señor barón es un caradura. Pero al menos acaba diciéndote lo que tiene en la cabeza.

—¿Y qué tiene en la cabeza?

—Tío, ha tardado al menos tres horas en explicarme el asunto, hacía discursos en forma de cola de cerdo que se acercaban en círculos concéntricos a la esencia de su pensamiento.

—¿Y cuál es el jugo?

—El jugo sería una especie de copia de aquello que ha hecho el marqués Cammarata.

—Explícate mejor.

—Tío, ¿tengo que explicárselo? ¿No lo entiende usted mismo? —espetó Stefano algo fastidiado.

—Entiendo, Stefanù. Antonietta testificará que el padre Raccuglia no fue el primer hombre en su vida, sino tú. Has sido tú quien la ha dejado embarazada. ¿Correcto?

—Correcto.

—El padre Raccuglia se quita de encima el cargo de corrupción de menores, como el padre Terranova. Tú tomas por esposa a Antonietta, que es hija única, y te haces rico. ¿Correcto?

—Correcto.

—¿Y no lo has cosido a bofetadas?

—No.

—¿Te has puesto a reír?

—Tampoco.

—¡Stefanù, pero estas cosas son de teatro de títeres! ¿Te das cuenta?

Stefano se levantó.

—Sí, pero usted no se da cuenta de otra cosa.

—¿Es decir...?

—Que yo a Antonietta la quiero de verdad. Pero le he dicho al barón que no podía aceptar. Por respeto a usted, tío.

Al día siguiente por la mañana, el cartero le entregó una carta que venía de Estados Unidos.

Reconoció la letra: era su hermano Agostino quien le escribía.

Agostino, que era dos años mayor que él, se había casado con una prima norteamericana, se había trasladado a Nueva York y había hecho una gran fortuna comprando y vendiendo casas. Tenía tres hijas mujeres. La mayor, Carmela, se había casado con un ingeniero que trabajaba para su padre y tenían dos hijos. Agostino y Teresi solían intercambiarse una carta al mes.

La carta, después de las habituales noticias y los saludos de su mujer, hijas y nietos, en un cierto punto decía:

> Y así, querido hermano, el otro día, hablando con mi mujer, me ha ocurrido que no supe responder a una pregunta suya: «Pero ¿qué hace aún en Palizzolo tu hermano Matteo? Allí está solo como un perro, después de la muerte de vuestros padres, y aquí volvería a tener una familia». Yo no he sabido qué responderle. Pero me he dicho que tú podrías, a tu vez, preguntarme: «¿Y qué vengo a hacer a Nueva York?». Querido Matteo, mira que aquí habría mucho que hacer para alguien como tú. ¡Aquí hay pobres emigrantes a los que tratan peor que a nuestros campesinos de Palizzolo! ¡Tú no tienes la más pálida idea de las condiciones en las que los obligan a vivir! Y luego hay otra cosa. Tengo entre manos una gran oportunidad, se trata de una enorme farmacia que...

Sí, porque él primero se había licenciado en Farmacia y luego en Derecho. Se le había olvidado.

El verdadero mazazo, el que lo hizo caer de rodillas y no volver a levantarse, le llegó bajo la forma de once líneas firmadas por su excelencia el prefecto de Camporeale.

Le comunicamos que hemos acogido la solicitud del señor comisario inherente a la revocación de la autorización del semanario *La Battaglia*, impreso en la tipografía Mazzullo e Hijos, expedida por el Tribunal de Camporeale con fecha 12 de febrero de 1897 y a su nombre en calidad de director responsable y editor. Dicha revocación, por tiempo indeterminado y con fecha de hoy, está motivada por haber difundido manifiestos sediciosos haciéndolos pasar por ediciones extraordinarias de su semanario, por otra parte, carentes de la autorización reglamentaria.

Entonces, por primera vez desde que la rueda había comenzado a girar al revés, se encontró con la cara bañada en lágrimas.

Pasó todo el día dando vueltas por la casa. En mangas de camisa, despeinado, con las chancletas en los pies, iba de una habitación a otra, ahora moviendo un libro o una lámpara, ahora enderezando un cuadro, ahora desempolvando viejas fotografías sobre la cómoda del salón. A las doce y media, mecánicamente, preparó la mesa para Stefano y para él. Aunque sabía que no había nada que cocinar porque era el día en que la criada no venía y él ni siquiera había encendido la leña del horno. Pero se quedó lo mismo sentado, mirando los platos vacíos.

Pero ¿por qué no venía Stefano? Luego, de pronto, recordó que su sobrino le había dicho que a la mañana siguiente saldría hacia Palermo para hacer un examen y estaría fuera tres días. Se le había borrado de la cabeza. Subió la escalera, entró en el dormitorio del muchacho. La cama estaba deshecha, en el armario faltaba un traje, la maleta no estaba. Sí, había partido para el examen.

Fue a su dormitorio. Se notaba destemplado, cogió el termómetro del cajón de la mesilla, se acostó, se lo puso. 37,7. Pero sentía que no estaba enfermo, era solo el efecto del mazazo.

Tenía un gran peso sobre los ojos. No pudo evitar cerrarlos.

Se despertó cuando el sol se estaba poniendo. Entonces se levantó y fue a asomarse al balcón, necesitaba aire.

Su casa se encontraba en una calle que, apenas una treintena de metros después, comenzaba a descender hacia el campo y, por eso, a esa hora, estaba siempre transitada por aldeanos que habían acudido al pueblo a vender frutas, verduras, huevos, y ahora volvían a sus casas.

Los conocía a todos, uno a uno, y cada tarde no paraba de saludar. Pero aquella tarde nadie levantaba los ojos hacia el balcón, era como si él no se hubiera asomado.

—¡Gnaziu! —llamó.

Gnaziu Pirrera era uno de esos pobres a los que había ayudado. Padre de cinco hijos, comía un día sí y cuatro no, y a menudo él le daba algo de dinero para que alimentara a los pequeños.

Gnaziu Pirrera pareció no oírlo, continuó caminando con los ojos clavados en el suelo.

Poco a poco cayó la noche.

Y cuando todo estaba oscuro, entró en la habitación, cogió la caja de cigarros y la cajita de las cerillas, salió de nuevo y encendió el primer cigarro acercando todo lo posible la cerilla encendida a la cara.

Si esperaba, si confiaba en el disparo que esta vez lo habría apagado a él y no a la cerilla, quedó desilusionado. No ocurrió nada.

La noche era calma, respiraba con lentitud, distendida, y desde la campiña subía el olor a paja quemada todo el día por el sol.

Hacia la una de la madrugada se cansó de estar de pie. Por otra parte, ¿cuánto hacía que no comía? Entró en la habitación, cogió una silla, la llevó afuera y se sentó. No pensaba en la carta del prefecto y tampoco en la de la Cámara Penal.

En la cabeza solo le martilleaban las palabras de Stefano.

«Usted no se da cuenta de otra cosa: Que yo a Antonietta la quiero de verdad.»

Y la otra frase: «Pero le he dicho al barón que no podía aceptar. Por respeto a usted, tío».

Entonces era preciso que Stefano perdiera el respeto que le tenía. Si desaparecía de su vida sin dejarle ni siquiera una línea de explicación, quizá Stefano se sentiría traicionado por él. Y sería libre de decidir su destino. Sí, era la única forma.

Poco a poco la idea cogió fuerza. Cuando el horizonte comenzó a clarear, la idea se había convertido en un propósito decidido.

Miró el reloj. Las cinco de la madrugada.

Eso es, si comenzaba a preparar de inmediato la maleta, a asearse, a afeitarse y a vestirse, de seguro que le daría tiempo de coger el autobús a Palermo después de pasar por el banco y retirar todo el dinero que tenía. Más que suficiente para pagarse el billete para Estados Unidos en el primer barco que partiera.

# Nota

Esta novela tergiversa deliberadamente, haciéndolos irreconocibles hasta el punto de invadir el campo de la pura fantasía, los hechos que en verdad ocurrieron en un pueblo siciliano, Alia, a principios del siglo pasado. Un cura, Rosolino Martino, fue acusado por la autoridad judicial de corromper a muchachas menores de edad. Un exfarmacéutico del lugar, luego convertido en abogado, Matteo Teresi, que desde las páginas de su periódico, *La Battaglia*, combate la prepotencia de los mafiosos, de los terratenientes y del clero, comienza a investigar sobre ese hecho y llega al sorprendente descubrimiento de que los curas de Alia han fundado una secta secreta que «moviliza a las jóvenes aún vírgenes e inexpertas, y a las jóvenes recién casadas, a las que hace creer que la relación sexual, o las mismas prácticas sexuales preparatorias de la relación, son un instrumento para adquirir indulgencias divinas y abrirles las puertas del paraíso», como explica Gaetano D'Andrea, exalcalde de Alia.

El descubrimiento de la secta y de su estatuto, dado a conocer por Teresi, estalla como una bomba, supera el Estrecho y suscita el desdén de muchos representantes políticos, entre otros, Turati y Sturzo. El cura Rosolino Martino confirma cuanto ha escrito Teresi en su periódico.

Pero el clero, los terratenientes y la mafia unen sus fuerzas. Por un lado, atacan a Teresi; por el otro, imponen a la población, incluso a los familiares de las jóvenes víctimas de los abusos, el más completo silencio sobre la cuestión.

Indignado por la falta de reacción de sus paisanos, Teresi los provoca duramente: «Los hombres están resignados a la prostitución religiosa de sus mujeres, puesto que la inconsciencia, después de cuanto ha ocurrido, ya no es admisible. [...] Evitemos este peligro, abramos los ojos a los maridos y padres, y, después de nuestra palabra franca y desnuda, las cosas recuperarán su nombre. La *gracia divina* ya no esconderá las relaciones sexuales; la esposa mística aparecerá como una vulgar prostituta; el marido, entre las aureolas de los santos, verá despuntar retorcidos y majestuosos los cuernos, que en verdad no son del demonio; la joven adentrada en la vía de la perfección, bajada la máscara de santita, aunque no sea madre de ningún angélico retoño aparecerá como la media virgen de los franceses, que todo lo ha perdido, todo lo ha concedido, salvo ese pretendido honor, que reside en el simple signo fisiológico de la virginidad». El artículo, aparecido el 11 de agosto de 1901 en *La Battaglia*, obtuvo el efecto opuesto: una oleada de verdadero odio contra su autor. El obispo de Cefalù lo acusó de blasfemia y organizó una solemne procesión reparadora sobre la cual, desde su balcón, Teresi dejó caer octavillas denunciando las fechorías del clero.

Fue como suscribir un veredicto de condena a muerte. Teresi, advertido, escribe el último artículo de adiós en su periódico y se embarca hacia Estados Unidos.

En Rochester continúa ejerciendo la profesión de abogado y escribe numerosísimos artículos a favor de los emigrados italianos y acerca de grandes cuestiones como el divorcio y el aborto.

Sus escritos «norteamericanos» fueron publicados en 1925 por la editorial palermitana D'Antoni con el título de *Con la patria en el corazón* y reeditados en facsímil al cuidado del Ayuntamiento de Alia en 2001 con prefacio del alcalde Gaetano D'Andrea.

Lo repito: esta novela debe ser considerada un producto de mi fantasía. Hay solo dos cosas que he tomado de la realidad: el nombre del protagonista y de su periódico (lo he hecho para rendirle homenaje) y el extracto de un artículo del padre Luigi Sturzo.

Si algún lector encuentra nombres y situaciones que puedan recordar nombres y situaciones reales, impútelo al azar.

El libro está dedicado a Rosetta por más de cincuenta años de vida juntos.

A. C.

# Índice

## Otros títulos del autor en Booket: